VEREDAS

Quando o Sol encontra a Lua

1ª edição
São Paulo

Ilustrações
LÚCIA HIRATSUKA

COORDENAÇÃO EDITORIAL Maristela Petrili de Almeida Leite
EDIÇÃO DE TEXTO Carolina Leite de Souza
COORDENAÇÃO DE PRODUÇÃO GRÁFICA Dalva Fumiko
COORDENAÇÃO DE REVISÃO Elaine Cristina del Nero
REVISÃO Nair Hitoni Kayo
COORDENAÇÃO DE EDIÇÃO DE ARTE Camila Fiorenza
ILUSTRAÇÕES DE MIOLO Lúcia Hiratsuka
CAPA E PROJETO GRÁFICO Camila Fiorenza
FOTO DE CAPA Blue Jean Images/Getty Images
DIAGRAMAÇÃO Cristina Uetake, Vitória Sousa
SAÍDA DE FILMES Helio P. de Souza Filho, Marcio H. Kamoto
COORDENAÇÃO DE PRODUÇÃO INDUSTRIAL Wilson Aparecido Troque
IMPRESSÃO E ACABAMENTO **Log&Print Gráfica e Logística S.A.**
Lote 289910
4ª Impressão

Dados Internacionais de Catalogação na Publicação (CIP)
(Câmara Brasileira do Livro, SP, Brasil)

Tufano, Renata
Quando o sol encontra a lua / Renata Tufano. —
São Paulo : Moderna, 2012. — (Coleção veredas

1. Literatura juvenil I. Título.
II. Série.

ISBN 978-85-16-08175-1

12-01727 CDD-028.5

Índices para catálogo sistemático:
1. Ficção : Literatura juvenil 028.5

EDITORA MODERNA LTDA.
Rua Padre Adelino, 758 - Belenzinho
São Paulo - SP - Brasil - CEP 03303-904
Vendas e Atendimento: Tel. (11) 2790-1300
Fax (11) 2790-1501
www.modernaliteratura.com.br
2020

Para meus queridos pais, Douglas e Célia,
pelo amor incondicional,
apoio irrestrito e ajuda inestimável.
George,我爱你.

Sumário

1. O primeiro dia

Como acontecia todos os anos, as amigas se reuniram no pátio da escola depois das férias. Era o primeiro ano do ensino médio e tudo era novo para todos, menos para elas. Jaci, Ana e Camila tinham estudado juntas naquela mesma escola desde o primeiro dia letivo de sua vida escolar e agora partiam para os desafios dos últimos anos antes da faculdade, onde certamente não sentariam mais lado a lado. Jaci queria ser jornalista, Ana seguiria a tradição da família e ingressaria no curso de direito, e Camila já se considerava uma futura médica.

– Jaci! Como você está morena! Vejo que a praia tava boa! – Camila já foi logo abraçando a amiga. – A casa da minha avó também já tá me dando saudades! Ainda tenho um pedaço do bolo que ela fez para mim antes de eu ir embora!

– Bolo da vó, que delícia! – Ana juntou-se à conversa. – Pena que eu esteja de regime, como sempre!

– Ai, Ana, não reclama! – retrucou Camila. – Regime é uma coisa, sofrimento é outra! Comer bem te deixa satisfeita e feliz! E um pedaço de bolo não mata ninguém!

– Tá bom, doutora! Jaci, pronta pra começar mais um ano? Você é estudiosa, mas não tem nada melhor que férias, né?

– É verdade, Aninha – suspirou Jaci. – Mas este ano vai ser bem diferente, né? Novos professores, novos colegas... Tem bastante gente nova, reparou?

As amigas olharam ao redor do pátio. Um outro grupo de meninas estava reunido perto da porta e elas conversavam entre si. Pareciam se conhecer. Mais adiante, um grupo de meninos dava risada e brincava com o boné de um calouro, que parecia estar gostando da brincadeira. A agitação e o barulho dos adolescentes ultrapassavam os muros do pátio e chegavam até a rua, onde a fila de carros causava um pequeno congestionamento.

– Vamos ver onde fica a nossa sala? – sugeriu Jaci às amigas.

– Vamos! E vamos sentar nos mesmos lugares do ano passado! – respondeu Ana, enquanto Camila concordava.

As meninas subiram as escadas, afastando-se dos ruídos do pátio. No primeiro andar, encontraram a sala "1º A". Era ali. Entraram animadas pela porta aberta e rapidamente se acomodaram na fileira logo abaixo das janelas. Jaci era a primeira da fila, seguida por Ana e Camila. Jaci olhou ao redor, apreciando a sala limpa e silenciosa. Aproveitou também para ver a vista que teria da janela.

Olhar pela janela durante a aula era quase um vício para Jaci. Mesmo reparando nos pedestres do outro lado da rua, nos cachorros que passeavam, no vento que balançava as folhas e anunciava calor ou chuva, sempre se lembrava do que o professor estava falando. Mais ainda, aprendia o que tinha que aprender, mesmo sem ter a postura típica de quem presta atenção na aula. Os professores já a conheciam e entendiam o jeito da menina. Era como se ela nunca estivesse ali, mas estivesse consciente de tudo ao seu redor.

Ajoelhando-se na cadeira, Jaci debruçou-se sobre a janela basculante. Os carros, as mães, os orientadores de trânsito, tudo igual. Do outro lado da rua passava uma senhora levando pela coleira um poodle branco e fofo. Jaci fixou os olhos nos dois, seguindo-os enquanto se afastavam da escola. Foi quando passou pelo par um garoto todo de preto, andando elegantemente. Os óculos escuros escondiam seus olhos, mas seu cabelo liso e negro denunciava sua origem oriental. A mochila nas costas parecia velha, assim como os tênis. Mas seu porte era tão altivo que parecia estar vestido com as melhores roupas. A conversa das amigas desapareceu ao fundo e Jaci debruçou-se um pouco mais, para ver para onde ele estava indo. Na faixa de pedestres, ele parou para atravessar em direção à escola. Nesse momento, Jaci abriu um pouquinho mais a janela para poder vê-lo entrar. Foi quando ele reparou que estava sendo observado e olhou para cima.

Surpresa, Jaci escondeu-se do olhar do garoto misterioso. Ofegante, sentou-se na carteira, de costas para a janela.

– O que foi, Jaci? – perguntou Camila.

– Hã? Como assim, o que foi? Não foi nada!

– Então, por que você tá vermelha?

– Imagine! Não tô vermelha nada!

Incrédulas, as amigas se olharam. Imediatamente, as duas olharam pela janela. O orientador de trânsito já tinha parado o tráfego dos carros para os alunos atravessarem e a calçada do outro lado estava vazia. Ana e Camila não ficaram satisfeitas e debruçaram-se sobre o parapeito para olhar para o pátio. Mas eram tantas cabeças e bonés que as duas acabaram desistindo de procurar a razão das bochechas vermelhas de Jaci.

– Hum, alguém terá que se explicar mais tarde... – cutucou Ana, acomodando-se na carteira.

Jaci fingiu que não era com ela. Apesar de adorar as amigas, sempre foi muito discreta. Não gostava de dar detalhes íntimos de sua vida para todos. Não tinha perfil em nenhum *site* de relacionamento nem postava fotos suas na net. Tinha até Twitter, feito por insistência das amigas que trocavam mensagens o dia todo, mas não usava. Adorava as coisas que chamava de "antigas", como escrever cartas. Aliás, adorava escrever. Era por isso que tinha decidido tornar-se jornalista: escrever e pesquisar eram suas paixões, além de estar ao ar livre. Adorava o vento no cabelo, o cheiro da grama, o toque da terra. Associava seus gostos mais à sua personalidade do que à sua origem indígena, pois não chegou a conhecer o pai, que era descendente de índios, mas aprendeu com a mãe a amar os animais, o sol e o mar.

O sinal tocou e o tropel foi ouvido nas escadas. Logo, a sala, antes silenciosa e escura, foi tomada pelo barulho e pelas luzes, acesas pelo inspetor do andar. Ao lado das amigas, sentaram-se as meninas que conversavam perto da porta. As três se olharam e sorriram.

– Oi! – disse a que se sentou na primeira carteira. – Sou a Teresa! E você?

– Jaci. Tudo bem?

– Tudo! Essas são a Lia e a Mona! – Apontou as meninas sentadas nas carteiras logo atrás. – A gente estudava em outra escola e nos mudamos pra cá! Vocês já estudavam aqui?

– Sim, estamos aqui desde o primeiro ano! – Ana se intrometeu na conversa. – Vocês vão gostar daqui! Os professores são ótimos! E tem meninos bem gatinhos! Espero que venham mais este ano!

– Ana! – Jaci espantou-se com a amiga, que dava risadinhas.

– Falando em gatinho...

As seis meninas olharam para a porta no momento em que o garoto de preto entrava, tirando os óculos. As suspeitas estavam certas: os olhinhos puxados combinavam com o cabelo liso. As seis meninas o encaravam e ele percebeu. Olhando o grupo, deu um sorriso tímido e foi para o fundo da classe.

– Meu Deus, o que foi isso? – Ana animou-se.

– Vou começar hoje mesmo a fazer aulas de *kung fu*! – brincou Camila.

– Vocês conhecem? – quis saber Lia.

– Não, ele é novo... Mas não parece ter a nossa idade! Ele é todo malhado! – reparou Ana.

– Por isso que vou começar o *kung fu*, pra dar conta! – Camila caiu na risada.

Jaci continuava calada e folheava o caderno novo. As meninas entreolharam-se, sorrindo.

– Ah, tá, agora eu entendi... – brincou Ana. – Jaci, você reparou nele primeiro, pode ficar com ele!

– Vocês são loucas? Estamos falando em leiloar um menino que acaba de entrar pela porta! Não sabemos nada dele! E eu não sou do tipo pegadora! Vamos parar com isso já! – Jaci falava sério e não estava nem um pouco vermelha.

– Ai, tá bom, não fica assim...

Poucos minutos depois, entrava a diretora para dar as boas-vindas a todos os alunos. Logo em seguida, o professor de matemática já começava com força total, dando matéria nova e tudo o mais. Jaci tentava se concentrar na aula, na matéria e até mesmo no movimento das folhas da árvore mais próxima da janela. Mas sentia um olhar lhe queimando a nuca. Não olhou para trás nenhuma vez, embora estivesse morrendo de vontade. Controlou-se, respirou fundo, manteve as costas retas. No intervalo, foi a primeira das meninas a se levantar e sair da sala. E também foi uma das primeiras a chegar na lanchonete. Quando as amigas a encontraram, sentada ao pé da árvore, como sempre fazia, ela já estava na metade da porção de açaí.

– Não devia ter pedido açaí. Era melhor ter pedido maracujá! – brincou Camila. – Você está dando muito na cara, Jaci! Segura a onda, menina!

– Ai, Camila, não enche!

– Ele olhou pra você a aula toda...

– Como você sabe?

– Porque eu olhei pra ele...

Ana juntou-se às amigas, tomando um suco de laranja.

– Camila, você não vai comprar um chocolate?

– Claro que vou! E também vou dar metade pra você, fique tranquila! – Camila deu uma piscadinha e saiu pra comprar o chocolate.

– Jaci, você tá bem? – Ana sentou-se no chão, ao lado da amiga.

– Tô, sim, Aninha. É que tá todo mundo falando desse cara. É verdade, eu vi quando ele atravessou a rua vindo pra cá e acho que ele me viu também. Sei lá, fiquei sem graça. Nunca me senti assim em relação a garoto nenhum. É bobagem minha.

– Não é, não – discordou a amiga, dando um gole no suco. – Talvez seja a primeira vez que você vai se apaixonar.

– Apaixonar? Não é uma coisa muito forte pra pensar? Eu não sei nem o nome dele!

– Ele se chama Tai alguma coisa. Não ouviu a chamada?

– Tai... É chinês, japonês ou coreano?

– Por que você não vai lá perguntar pra ele? Parece o pretexto perfeito pra começar uma conversa.

– Deixa pra lá...

Jaci olhou pelo pátio, à procura do menino misterioso que agora tinha nome, Tai. Não o viu em nenhuma rodinha, nem na cantina, onde Camila acenava com uma nota de dois e gritava "trufa!" para a moça da lanchonete. Jaci suspirou. "Que besteira a minha", pensou.

– Olha, não fique pensando que é besteira...

– Que é isso, Ana? Agora você lê pensamentos?

– Não, amiga. Eu te conheço faz tempo e sei quando você tenta se convencer a abandonar alguma coisa que acredita que não pode pensar ou sentir. Sei também que você tem medo de se envolver desde aquela história com o Paulo.

– Você sabe que ele me magoou muito...

– Eu sei. Mas não são todos que agem como ele. Não é por causa dele que você deve se punir. O erro foi dele e não seu.

– Eu sei, amiga. Mas é difícil perder o medo.

– Medo a gente sempre tem um pouquinho. Tem que ir com cautela e saber onde se está pisando. Mas todo mundo merece uma chance, né?

– Peraí, você quer ser advogada ou psicóloga? – Jaci sorriu.

– Advocacia também tem muita psicologia! – respondeu Ana, dando uma piscadinha, satisfeita de ter conseguido fazer a amiga sorrir.

– Ufa! Essa foi a trufa mais difícil de conseguir em toda a História! – exclamou Camila, um pouco ofegante. – Pelo menos é de brigadeiro!

Desembrulhando o pacote, engoliu o doce numa só mordida.

– Ei, você tinha me prometido metade! – gritou Ana.

– Ah... Hum... – Camila mastigava o bocado quase grande demais para sua boca. – Ah, mas era tão pequenininha... Amanhã, te dou uma inteira!

– Hã, hã! – duvidou Ana, já conformada. – Pelo menos não saí do meu regime!

O sinal tocou e os alunos foram voltando para o segundo período de aulas. Ao entrarem, Jaci olhou, quase sem querer, para o fundo da sala. Nada de Tai. Fingindo não ter percebido nada, sentou-se na sua carteira e começou a folhear o caderno, olhando para a porta com o canto dos olhos. Todos foram entrando e ela escutou o inspetor de corredor chamando a atenção dos retardatários. Em seguida, o professor entrou e fechou a porta. Jaci não conseguiu se controlar e olhou para trás. Sim, havia uma carteira vazia, onde Tai deveria estar. As amigas perceberam a agitação da garota, mas Ana fez um sinal para Camila não dizer nada.

Jaci permanecia com os olhos grudados no professor e na lousa, lutando contra o ímpeto de olhar pela janela. Embora seus olhos estivessem abertos e atentos e suas mãos ocupadas em anotar a matéria, ela não estava realmente ali. Estava em algum lugar onde Tai pudesse estar, perguntando a ele o porquê de sua partida.

Na saída não foi diferente. Em silêncio, acompanhou as amigas até o carro da mãe de Camila, que dava carona para Ana, despediu-se delas e parou por alguns instantes na rua, olhando para todos os lados. Como morava bem perto, Jaci sempre ia a pé para casa, que ficava na mesma direção de onde Tai havia chegado pela manhã. Hesitante, se pôs a caminho, os olhos erguidos. Mas nos três quarteirões que andou, só cruzou com um carteiro. Abriu o portão, entrou em casa e, antes de fechar a porta, lançou um último olhar para a rua.

2. Pôr do Sol

No sábado, Jaci aproveitou para ir à livraria que ficava perto da sua casa. Gostava de sentar num dos sofás e ler as "revistas do mês", como costumava dizer. Gostava de ir sozinha para ter todo o tempo que quisesse e ficar à vontade. O sofá cativo ficava nos fundos, no segundo andar, e quase sempre estava à sua espera.

Jaci gostava de ler revistas de comportamento, jornalísticas e algumas vezes de moda, quando alguma chamada de capa a interessava. Gostava também de revistas de política internacional. Enquanto escolhia as revistas, uma em particular chamou sua atenção:

na capa havia um grande dragão vermelho. Era sobre o crescimento econômico na China. Jaci a colocou sobre a dezena de revistas que já carregava em seus braços e subiu as escadas. O sofá estava lá, esperando por ela. Jaci acomodou-se e pegou a revista sobre a China para ler primeiro.

– Você se interessa pela China?

Por alguns segundos Jaci ficou em dúvida se falavam com ela. Mas ao erguer os olhos da leitura, deu de cara com Tai. Surpresa, ficou sem saber o que dizer, ao mesmo tempo que pensava: "Sua besta, fala alguma coisa!".

– Hã, não, sim, quer dizer, me interesso por economia e política...

– Que legal. Eu nasci lá, sabia?

– Você é chinês?

No mesmo instante que perguntou isso, censurou mentalmente: "Dã, idiota! Claro que ele é chinês se ele nasceu na China!".

– Sim, claro... Mas às vezes me acho mais brasileiro que chinês. Desculpe, atrapalhei sua leitura.

– Imagine... Quer se sentar? – Jaci retirou as pernas esticadas de cima do sofá e abriu espaço.

– Você vem sempre aqui para ler?

Ele tinha cheiro de bosque depois da chuva.

– Venho. Pelo menos uma vez por mês. Para ler as revistas. Se alguma delas tiver vários artigos que me interessam, eu compro. Se não, apenas leio e me informo. É muito papel pra guardar.

– É verdade. Eu e minha mãe moramos num apartamento bom, mas pequeno. Também selecionamos o que levar para casa – respondeu Tai, com um sorriso.

– Desculpe, mas não sei seu nome.

– É Tai Yang. Mas pode me chamar de Tai.

– O que quer dizer seu nome?

– Quer dizer Sol. E o seu, Jaci?

– Como você sabe meu nome?

Tai sorriu. Jaci sentiu suas bochechas ficarem vermelhas e baixou os olhos.

– Sua amiga me falou.

– Quem, a Camila? Eu mato aquela...

– Não, foi a Ana.

Jaci suspirou fundo. Jamais esperaria isso da Ana, a meiga e compreensiva Ana. Traidora!

– Bom, Tai, acho que você devia conversar mais com a Ana, já que vocês já trocaram tantas informações – disse Jaci, levantando-se.

– Peraí, desculpe se eu...

– Esse é o meu momento de leitura e você me atrapalhou. Você estragou tudo!

Jaci virou-se para esconder as lágrimas que já quase escorriam pelo seu rosto. Desceu as escadas rapidamente sem olhar para trás e colocou todas as revistas em cima do balcão, sem se importar em recolocá-las no lugar, como sempre fazia. Na rua, o vento contra sua face a fez sentir que havia, de fato, chorado.

Ao mesmo tempo que se sentia a rainha do drama, Jaci sentia-se também justificada. Por que a Ana tinha que falar com ele pelas suas costas? Pior ainda, o que será que ele já sabia? "Acho que nem passou pela cabeça da Ana que eu podia não querer nada com ele!", pensou Jaci, magoada.

No portão, enxugou as lágrimas e entrou em casa. Sua mãe estava trabalhando naquele dia e Jaci estava sozinha. Ela gostava de ficar sozinha, mas não quando se sentia assim. Depois de andar em círculos por alguns minutos, decidiu ir até a casa da Ana e tirar essa história a limpo.

Ao chegar no portão, viu que Tai a esperava do outro lado da rua. Sem destrancar o portão, gritou:

– O que foi? Está me seguindo agora? – esbravejou Jaci, com tanta raiva que nem se preocupou em esconder o choro.

Tai atravessou a rua correndo e foi até o portão.

– Por favor, me desculpe. Não quis que você ficasse assim. Fui eu que perguntei à sua amiga o seu nome. Não fique brava com ela por minha causa.

– Foi só isso que ela te disse? – perguntou Jaci, enxugando o rosto com as mãos.

– Claro! Ela só respondeu à minha pergunta.

Jaci suspirou, ainda nervosa, segurando as barras do portão com as duas mãos.

– Ei, tudo bem? – perguntou Tai, aproximando-se.

– Vai ficar...

– Quer dar uma volta?

Jaci pensou que devia estar um horror naquele momento: descabelada, com o rosto vermelho e molhado pelo choro, enfim, totalmente descontrolada. Mas respirou fundo e falou:

– Tá, me dê um minuto.

Entrou em casa e foi lavar o rosto. O toque da água fria lhe revigorou os ânimos. Em seguida, passou uma escova pelos longos cabelos lisos e olhou-se no espelho. "Sem medo, Jaci!".

Quando chegou ao portão, já se sentia bem melhor.

– Para onde você quer ir? – perguntou Tai, ajudando-a a abrir o portão.

– Ah, vamos andar por aqui. O dia está tão bonito e conheço umas ruas tão tranquilas que parece que estamos andando num parque.

– Eu me mudei pra cá ano passado. Estou gostando daqui.

– Você veio da China no ano passado?

– Não – Tai deu uma risadinha. – Cheguei no Brasil com três anos. Mas só aprendi português mais tarde, por isso estou atrasado na escola.

– Quantos anos você tem?

– Fiz 18 no dia 3 de fevereiro.

– Você faz aniversário no dia 3 de fevereiro? Não acredito! Eu também!

– Sério? E quantos anos você fez?

– Quinze.

– Hum... Então você é três anos mais nova do que eu... Você é um Porco.

– O quê?!

– Ah, espere! – Tai se divertiu com a reação dela. – Você é do signo de Porco, pelo horóscopo chinês. Você se interessa por astrologia?

– Não, nunca liguei pra isso.

A tarde estava caindo e Jaci parou para olhar o céu. Estava todo em tons de azul e coral. Jaci tinha mania de ficar na janela do quarto fotografando fins de tarde bonitos. Já tinha uma coleção de fotos de céu azul, cinzento, amarelado, rosado e até embaçado pela chuva fina.

– Quer sentar para ver o pôr do sol? – sugeriu Tai.

– Sim, quero – sorriu Jaci.

Os dois andaram até uma praça que ficava num lugar alto e era um local privilegiado para observar o espetáculo do crepúsculo. Sentaram-se lado a lado, olhando o horizonte.

– Tenho mania de olhar o céu – confessou Jaci.

– É uma delícia mesmo – sorriu Tai.

Olhando na mesma direção, em silêncio, Jaci não sentia mais nenhum medo. Não sentia também a necessidade de se envolver. Deixaria as coisas acontecerem. Sentia o cheiro da grama, o cheiro de Tai ao seu lado, o cheiro do seu cabelo que insistia em passear pelo seu rosto. Sentia o frio refrescante do vento e o calor confortável do restinho do sol. Era um banquete de sensações.

Jaci deitou-se na grama, apoiando a cabeça sobre os braços. Por alguns minutos reparou nas costas de Tai, que continuava sentado. Realmente, ele era bem musculoso, devia lutar ou fazer musculação. Seu cabelo era negro como o dela e estava cortado curtinho, o que o deixava meio espetado. Ela gostava. A gola da camiseta cinza escura estava um pouco gasta, mas ela teve a impressão de que fora comprada assim.

– Você não me respondeu – disse Tai, quebrando o silêncio.

– O quê? – surpreendeu-se Jaci.

– O que quer dizer seu nome, Jaci.

– Ah, Jaci é a deusa da Lua na mitologia tupi.

Tai deu uma risadinha e virou-se para olhar para ela, debruçando-se ao seu lado.

– Aqui estamos nós, o Sol e a Lua, exatamente como nesse céu de começo de noite.

Por alguns instantes, Jaci deixou-se observar, encarando a lua fraquinha que surgia no céu ainda amarelado. Depois, olhou sorrindo para Tai. Ele a olhava fixamente, mas com doçura. Segundos de um silêncio cúmplice os uniu, cada um perdido na escuridão dos olhos do outro. Jaci sentiu o coração bater mais rápido. Estavam tão próximos, era um momento tão perfeito...

– Hã, está ficando tarde – disse Jaci, levantando-se.

Tai ainda ficou alguns momentos na mesma posição, talvez na esperança de que ela voltasse. Mas logo decidiu levantar-se também.

– Vamos, eu te acompanho até sua casa.

No caminho, o mesmo silêncio, agora cheio de espaços, cheio de confissões não ditas, cheio de possibilidades. O calor do corpo do outro, o cheiro, o hálito, os pequenos encontrões a cada passo, era como uma promessa velada de contato.

– Até segunda – disse Jaci, despedindo-se no portão.

– Até.

A garota entrou em casa sem olhar para trás e subiu as escadas correndo até seu quarto. Pela janela do corredor, olhou para a calçada por trás da cortina, no mesmo momento em que Tai se virava para olhar para a casa uma última vez.

3. Origens

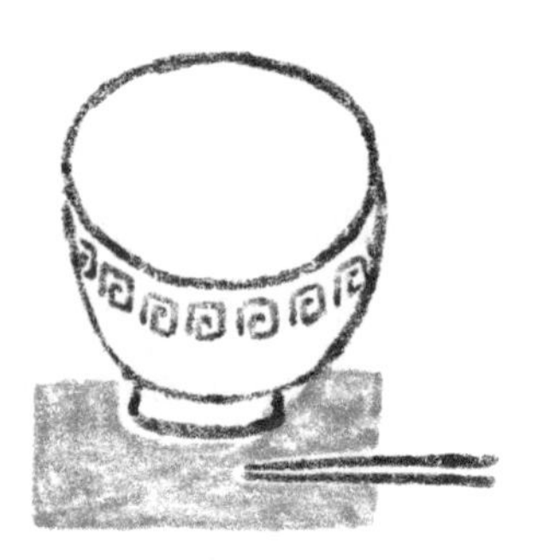

Assim que chegou na escola na segunda-feira, Jaci foi correndo ao encontro de Ana.

– Ana, o que você andou falando pro Tai?

– Ora, nada! Ele só perguntou seu nome.

– Só isso?

– Só, ué! Tinha que falar mais alguma coisa? Não tô sabendo...

– Não, é que ele me encontrou na livraria no sábado e disse que você tinha falado meu nome...

– Peraí! Vocês se viram na livraria no sábado? Conta tudo!

– Ah, não aconteceu nada! Eu... Nós...

– Camila, vem cá! – Ana chamou a outra amiga. – A Jaci saiu com o Tai no sábado! – falou baixinho.

– Calma! Eu não saí com ninguém!

– Mas vai contar tudo! – exclamou Camila, puxando as duas pelo braço até o lugar onde costumavam ficar, ao pé da árvore.

– Conta! Conta! Conta! – repetiram as duas juntas.

Jaci deu uma risada.

– Ai, gente, não aconteceu nada! Ele me encontrou na livraria, depois a gente conversou um pouco e foi ver o pôr do sol na praça...

– O quê? Ver o pôr do sol na praça? Como assim? Isso não é apenas um encontro, é um encontro romântico! – exclamou Camila, quase gritando.

– Para de gritar! Que escândalo! – pediu Jaci, olhando ao redor para ver se alguém tinha percebido.

– Ops, foi mau. Conta mais! Conta mais!

– Não aconteceu mais nada. A gente conversou um pouco, ele é bem legal. Ele me disse que o nome dele, Tai Yang, significa Sol, meu signo no horóscopo chinês é Porco e ele faz aniversário no mesmo dia que eu!

– Hum... Escrito nas estrelas! – Camila abraçou Ana e fez uma dancinha romântica.

Jaci riu da amiga.

– Ele nasceu na China e por causa da língua está atrasado na escola. Ele acabou de fazer 18 anos.

– Legal! Então ele pode dirigir e vocês podem sair juntos no carro dele! – sugeriu a prática Ana.

– Que é isso, menina? Eu nem sei se a gente vai sair de novo! E não entro no carro de ninguém enquanto não conhecer melhor quem está dirigindo!

– Ora, ora, não me fala mais "oi"?

A voz interrompeu a conversa das meninas, e Jaci nem precisou olhar para saber que era Paulo.

– Oi e tchau – respondeu Jaci, levantando-se sem olhar para ele.

– Só porque ficamos em salas separadas, não precisamos deixar de ser amigos, não é?

– Você nunca foi meu amigo! E me deixe passar!

– Não até você me dizer que ainda é minha amiga!

– Eu não sou sua amiga, nem quero ser!

Camila e Ana olhavam a cena sem saber o que fazer. Paulo já segurava os braços de Jaci com uma certa força, obrigando a menina a se debater para livrar-se dele.

– Dá pra me soltar ou vou ter que gritar?

– Vai ter que gritar! – respondeu Paulo, com um sorrisinho sarcástico.

– Não vai, não.

Atrás de Paulo, Tai apareceu do nada. Mesmo reparando nos braços musculosos do garoto, Paulo não se intimidou.

– Qualé, japa? Não se meta!

– Eu não sou japonês. E você é muito covarde de usar força contra uma garota.

– Quer me dar lição de moral? – Paulo soltou Jaci com força, e ela teria caído se as amigas não a tivessem apoiado. – Vem cá!

– Não vou brigar com você. Apenas deixe a Jaci em paz.

– Desde quando vocês são íntimos? Qualé, cara, tá com medo de perder?

– Isso não tem nada a ver com perder ou ganhar. E eu não quero te machucar.

Paulo caiu na risada. Depois olhou sério para Tai e partiu para cima dele, o punho fechado. O soco passou pelo rosto de Tai, que desviou o braço do garoto com uma mão e empurrou as costas dele com a outra. Paulo acabou com a cara no chão e o moral ainda mais baixo. Levantou-se bufando e partiu para uma nova investida, agora com o corpo todo. Tai se desviou a tempo de deixar o pé e fazer com que Paulo acabasse novamente beijando o chão.

Nesse momento, o inspetor do pátio chegou e viu a cena. Paulo aproveitou-se da situação.

– Olha aí, seu Antônio! Ele me bateu!

– É mentira! – gritou Jaci. – Foi o Paulo que provocou!

– Vocês dois, venham comigo – pediu o inspetor.

Tai olhou para Jaci e deu um sorriso.

– Que absurdo! – exclamou ela. – Isso não vai ficar assim.

– Não se preocupe, vai ficar tudo bem – assegurou Tai.

Os dois seguiram o inspetor enquanto o pátio todo observava.

– É tudo culpa minha! – suspirou Jaci. – E desse tonto do Paulo! Por que ele não me deixa em paz?

– Deixa, Jaci. Se alguém precisar de testemunhas, estamos aqui – disse Camila, abraçando a amiga.

– Ai, ele veio te salvar! – suspirou Ana. – Ele te ama!

– Para com isso, Aninha! Não quero falar mais nisso, meninas, por favor.

– Tudo bem – concordou Ana. – Agora vamos pra aula que o sinal já tocou.

Tai não voltou mais para a aula naquele dia. Jaci começou a ficar preocupada que ele pudesse ter se envolvido numa confusão ainda maior por causa dela. Imagina se o Paulo encrencasse com ele? Que inferno! Não bastasse ter feito Jaci sofrer, agora o peste queria impedir que ela se apaixonasse de novo?

À tarde, depois das aulas, Tai esperava por Jaci em frente à casa dela, do outro lado da rua. Jaci ficou feliz em vê-lo.

– O que aconteceu? Fiquei preocupada! – disse Jaci, esquecendo-se de parecer indiferente.

– A diretora falou com a gente, disse que não tolera brigas e nos deu um dia de suspensão. Tomara que esse tal de Paulo não apareça na minha frente de novo.

– Tomara mesmo.

Jaci suspirou e reparou em Tai. Ele permanecia com a cabeça baixa, as mãos nos bolsos da mesma calça preta do primeiro dia.

– Olha, Tai, eu agradeço muito por você ter me ajudado e sinto muito pela suspensão. Mas, da próxima vez, deixa que eu me viro sozinha, tá?

Tai olhou para Jaci um pouco surpreso.

– Não ajudei por achar que você não podia se virar sozinha. Ajudei porque... – Tai pareceu engolir o resto da frase. – Olha, não é demérito nenhum se deixar ajudar. Todo mundo precisa de ajuda.

– Você precisa?

Por alguns instantes, os dois se olharam. Tai respondeu a pergunta de muitos jeitos, todos silenciosos. Jaci percebeu que havia respostas ali, mas não as compreendeu. Precisava de palavras.

– Olha, vamos dar uma volta? – sugeriu ela. – Deixa só eu guardar minha mochila e a gente vai. Venha!

Os dois atravessaram a rua e Jaci abriu o portão, convidando Tai para entrar. Era uma casinha modesta, mas muito bem arrumada. Entre o portão e a porta da frente, havia espaço para estacionar um carro. Logo em cima da porta da frente havia uma janela, velada por uma cortina branca. Lá dentro era um pouco escuro, mas ainda aconchegante.

– Minha mãe não está em casa hoje. Ela só volta amanhã. Ela é enfermeira e aparece em casa dia sim, dia não, entre plantões.

– Você não liga de ficar sozinha?

– Não, eu não ligo. Tenho meu espaço, sei me virar. Faz um ano que ela trabalha assim. Antes, ela fazia um horário "normal".

Jaci largou a mochila no sofá.

– Vamos?

Tai olhava ao redor, procurando vestígios de uma família. Não havia fotos, não havia quadros nas paredes, estava tudo imaculado, como se mãe e filha tivessem acabado de se mudar.

– Faz muito tempo que vocês moram aqui? – Tai quis saber.

– Ah, já faz quase 10 anos! Por quê?

– Não consigo ver você nesse espaço.

– Então, venha ver meu espaço.

Jaci subiu a escada e Tai seguiu logo atrás. No meio da escada de dois lances, Tai parou e olhou pela janela. Dava para ver a rua, do outro lado. O quarto de Jaci ficava nos fundos e o da mãe, à esquerda.

– Pode entrar – Jaci abriu a porta.

Tai entrou no quarto claro. Uma cama simples de um lado, uma estante cheia de livros e CDs do outro. Um pequeno guarda-roupa, uma sapateira aberta, onde só havia um sapato de salto alto entre muitos tênis e sapatilhas. No criado-mudo, uma coruja de porcelana e um pequeno aparelho de som.

– Sim, você está aqui... – disse Tai, aproximando-se dos livros. – Nem precisa me dizer que você adora ler.

– Desde que aprendi, não parei mais! – sorriu Jaci, sentando-se na cama e abraçando uma almofada.

– Que tipo de música você gosta?

A pergunta pareceu pegar Jaci de surpresa.

– Hã, promete que não vai rir?

– Prometo! – respondeu Tai, sorrindo.

– Adoro ouvir o som do piano. Tenho vários CDs de concertos. Mas meu favorito é Chopin.

Jaci levantou-se e pegou um CD, colocando-o no aparelho de som. Ouviram-se as primeiras notas de um noturno de Chopin.

– É lindo... – concordou Tai. – Você sabe tocar piano?

– Não, mas está nos meus planos aprender.

– A gente faz tantos planos, né? Será que vamos sempre ter sonhos?

– Claro! O que faz você pensar que a gente pode desistir dos nossos sonhos? – Jaci sentou-se novamente na cama e sinalizou para que Tai sentasse ao lado dela.

– Lembra quando você me perguntou se eu precisava de ajuda?

Jaci fez que sim com a cabeça.

– Então, eu não sei se preciso. Sempre me virei sozinho, sempre achei que o segredo do sucesso era ser autossuficiente. Mas descobri recentemente que ninguém quer ficar sozinho. Nem quem eu achava que estava muito bem assim.

– Quem? – Jaci tomava cuidado para não ser muito invasiva.

– Minha mãe – respondeu Tai, um pouco emocionado. – Toda minha vida, vi minha mãe sozinha, cuidando de mim, dela mesma, de tudo. Há um ano, notei que alguma coisa tinha mudado. Ela me pedia pra fazer muitas coisas, parecia sempre cansada. Eu ajudava, claro, e perguntava se estava tudo bem e ela sempre dizia que sim. Há alguns meses, me ligaram do hospital. Minha mãe tinha sido internada depois de uma crise de falta de ar. Ela não quis me falar o que foi, disse que quer me poupar. Mas sei que ela não está nada bem.

– Nenhum dos médicos conversou com você?

– Não. Na verdade, respeitaram a vontade da minha mãe e não pude fazer nada. Não quero que nada aconteça com ela – disse Tai, depois de alguns minutos de silêncio. – Ela é tudo o que eu tenho. E eu sou tudo o que ela tem.

– Você não tem outros parentes? Aqui ou na China?

Tai olhou para Jaci, considerando se deveria ou não começar a contar aquela história.

– Tai, pode confiar em mim...

O garoto se levantou e andou até a janela. Abriu um pouquinho a cortina e encarou a rua do outro lado.

– Minha mãe fugiu da China depois que mataram meu pai. Ela fugiu para evitar que a família toda fosse morta.

Jaci prendeu a respiração. Assassinato? Fuga internacional? Parecia enredo de filme.

– Meu pai e minha mãe se apaixonaram – continuou Tai. – Mas não poderiam nem ter se conhecido. Minha mãe morava numa vila que tinha uma grande rivalidade com a vila do meu pai. Apesar de serem vizinhos, nunca se falavam, nunca se ajudavam e evitavam andar nas mesmas estradas. Um dia, houve uma chuva muito forte e um pequeno terremoto, mas forte o suficiente para que a região toda sofresse muito. Toda a geografia do lugar foi alterada. Além disso, as construções eram precárias e não sobrou quase nada em pé. Minha mãe tinha saído para procurar água limpa para cozinhar e acabou caindo num buraco escondido por escombros. Ela ficou lá dois dias, gritando por ajuda.

Tai fechou a cortina e baixou os olhos, tomando fôlego. Jaci continuava sentada sobre a cama, abraçando as pernas, os olhos arregalados e os ouvidos atentos. Tai foi sentar-se ao lado dela.

– A primeira pessoa que ouviu os gritos dela foi meu pai. Ele jogou uma corda e a retirou do buraco. Ela estava ferida, cansada, faminta e quase morta de sede. Ele a levou para uma tenda que as pessoas da vila dele tinham montado e cuidou dela. Ninguém reconheceu que ela era da vila vizinha, porque suas roupas estavam muito sujas. Mas assim que descobriram, disseram ao meu pai que ela não podia ficar ali.

– E o que ele fez?

– Fez o que tinha que fazer. Cuidou dela até que ficasse boa. Isso demorou uma semana e nesse meio-tempo eles se apaixonaram. Meu pai levou-a de volta, com a intenção de pedi-la em casamento. Chegando lá, os pais de minha mãe já tinham dado a filha como morta e estavam fazendo um enterro simbólico. Assim que viram que ela estava viva, correram para abraçá-la. Ela contou que tinha sido salva por aquele homem e que queria se casar com ele. Os pais dela, gratos por ter a filha de volta, aceitaram o pedido. O casamento foi celebrado uma semana depois e meu pai mudou-se para a vila da minha mãe, ajudando na reconstrução da casa da família.

– Que história linda! – suspirou Jaci.

– Seria linda mesmo se tivesse acabado assim. Mas não acabou. A família da minha mãe o aceitou, mas o resto da vila, não. E a vila de onde ele tinha vindo também não encarava a união com bons olhos. Um ano depois do casamento, eu nasci. Isso parece ter mexido ainda mais com os ânimos de todos. Seria a primeira criança, em séculos, a ser gerada com uma pessoa de cada vila rival. Meu pai e minha mãe foram ameaçados, meus avós por parte de mãe foram boicotados e a família toda ficou isolada. Diante disso, meus pais decidiram que, assim que conseguissem, sairiam dali e iriam viver longe dessa rivalidade.

– Para onde eles iriam?

– Minha mãe nunca me falou, mas provavelmente iriam para alguma cidade grande, onde haveria leis, documentos e segurança. Mas não deu tempo. Eu tinha dois anos quando meus pais se preparavam para partir e foram surpreendidos no meio do caminho. Era uma estradinha deserta e isolada. Dois homens surgiram de repente, pularam sobre o meu pai e o derrubaram da bicicleta. Ele era grande e forte, por isso os dois homens ficaram em cima dele enquanto ele gritava para minha mãe correr. Ela sabia o que podia acontecer com toda a família se decidisse ficar e ajudar meu pai. Eu estava ali, amarrado em suas costas, e ela pensou em mim. Chorando e gritando, pedalou o mais rápido que conseguiu sem olhar para trás e só parou quilômetros depois. Ela não precisou voltar. Já sabia o que tinha acontecido.

– Ai, que coisa triste! Então, você não se lembra do seu pai?

– Não. Mas tenho uma foto dele. Está no meu quarto, na minha cabeceira. Não quero me esquecer do rosto dele.

– E por que ela veio para o Brasil?

– Ela conhecia uma pessoa que poderia arranjar uma passagem para outro país. Ela queria sair da China o mais rápido possível. Fomos para países vizinhos, mas ela sempre ficava com medo que nos encontrassem, porque era fácil viajar por lá. Muitos meses tinham se passado quando a família com a qual nós morávamos disse que estava vindo para o Brasil. Foi assim que viemos para cá. Ela trabalha como cuidadora de idosos e, apesar de jovem, não quer se casar de novo.

– Quantos anos ela tem?

– Acabou de fazer 36. Quando eu nasci, ela tinha 18 anos.

– E agora ela está doente?

– Sim, não sei o que ela tem, mas não está nada bem. Ela diz que está tomando remédios, só que parece ser alguma coisa séria. Sinto isso porque ela me contou tudo que eu lhe contei agora há alguns meses. Acho que uma pessoa que revela tudo assim é porque acha que não vai ter outra oportunidade. Não é?

– Talvez. Ou pode ser que ela queria contar e tirar esse segredo de dentro dela, porque é isso que está fazendo com que ela fique doente.

Tai olhou para Jaci como se tivesse acabado de descobrir que a Terra é redonda. Aquilo fazia sentido.

– Você está certa, Jaci. Tenho que pensar assim.

– Fique perto dela para que se sinta segura de se abrir com você, já que vocês só têm um ao outro.

Tai sorriu.

– Você me ajudou mais do que eu ajudei você.

Jaci sentiu-se um pouco envergonhada mas gostou do elogio.

– Eu já conheci seu espaço, agora você tem que conhecer o meu.

– Você mora aqui perto?

– Sim, dá pra ir a pé. Mas já está um pouco tarde e minha mãe vai chegar daqui a pouco e tenho que ajudá-la. Acho que tenho que ir agora.

– Tá.

Os dois desceram as escadas em silêncio e assim ficaram até Jaci destrancar o portão.

– Adorei conversar com você, Jaci.

Antes que ela pudesse responder, ele se aproximou e beijou-a no rosto. Depois do beijo, encostou levemente o rosto na bochecha dela, fazendo um carinho. Jaci não disse nem fez nada. Mesmo depois de Tai já ter atravessado a rua e sumido de vista, ela ainda segurava o trinco do portão.

4. Signos

Naquela noite, Jaci foi procurar na internet o que significava o horóscopo chinês. Depois de ler alguns artigos, viu que não era algo insignificante. Era um assunto rico e complexo, que conversava com várias outras matérias, como ciência, astronomia e medicina. Conversava também com a natureza, quando dividia os signos entre as fases ou movimentos das energias Yin e Yang nos elementos Água, Madeira, Fogo, Terra e Metal.

Os signos do horóscopo chinês eram definidos pelo ano do nascimento e eram lunares e solares. Descobriu que seu signo, Porco, era lunar, do elemento madeira, regido pela emoção, mas não exageradamente. Era como uma árvore que estendia os braços em várias direções, tentando aprender de tudo um pouco. Jaci achou que se encaixava perfeitamente nessa descrição, já que se interessava por várias coisas ao mesmo tempo.

Em suas pesquisas, decidiu também que seria interessante aprender um pouco mais sobre o Taoismo, a filosofia que explicava, à luz desses elementos, estágios de transformação que acontecem nas mudanças das estações, do clima, dos sons e sabores e das emoções humanas. Imprimiu um gráfico que mostrava as mudanças entre os elementos e a ligação de cada um entre si e com o todo. Olhou o desenho por alguns minutos. Alguns símbolos ela conhecia, como o branco e negro Yin e Yang. Outros pareciam rabiscos.

"Será que Tai pode me explicar isso?", pensou enquanto lia outro artigo.

Foi quando lhe ocorreu procurar informações sobre o signo de Tai. Ele disse que tinha feito 18 anos e que tinha nascido no mesmo dia que ela. Na grande tabela disponibilizada num *site*, descobriu que Tai era do signo de Cabra ou Carneiro. No triângulo das compatibilidades, ligava-se ao Porco e era do elemento metal. Porco e Cabra eram tão parecidos, que em alguns *sites* os chamavam de "par perfeito". Além disso, os anos de nascimento de ambos, indicavam, respectivamente, os elementos de metal e madeira, um dos pares mais bem-sucedidos.

Jaci estava acabando de ler isso quando o telefone tocou. O susto foi tão grande que ela quase pulou da cadeira.

– Oi, Jaci? É a Camila!

– Ai, Camila, você me assustou!

– Desculpa! O que você estava fazendo?

– Tava na internet, pesquisando.

– Ah, o trabalho de literatura? Menina, eu nem comecei! Você, sempre adiantada!

– Não, não estava pesquisando sobre o trabalho. Estava olhando o horóscopo chinês.

– Hum... Descobriu alguma coisa interessante?

– Sim. Lembra quando eu te falei que o meu signo era Porco? Então, o signo do Tai é Cabra, e o par Porco-Cabra é um dos pares perfeitos do horóscopo.

– Hum... Tá ficando interessante isso.

– E tem mais! Os elementos também combinam: eu sou madeira e ele é metal. Além disso, em um dos *sites* dizia que o Porco encontrará na Cabra o protetor que procura.

– Há! Taí! Ele te protegeu hoje! Está escrito nas estrelas, amiga! Quer você queira, quer não...

– Vou ser sincera com você, Camila: confesso que estou perdendo o medo e ficando com vontade de me apaixonar de novo.

– É assim que se fala, Jaci! Tá mais do que na hora daquele desqualificado do Paulo parar de mandar no seu coração.

– Que cara mais tonto, né, Camila? Sabia que o Tai foi suspenso por causa dele?

– Fiquei sabendo. Acredita que o Paulo me procurou depois da aula?

– O quê? Pra quê?

– Pra saber de você, ora! Você saiu correndo da escola, mas o Paulo tava lá, perto do muro. Você nem viu. Aposto que foi correndo encontrar o Tai.

– Ele tava me esperando perto da minha casa. Foi quando a gente conversou e ele me contou da suspensão.

– Então, o Paulo tava lá e viu você sair apressada. Aí, quando eu saí, ele veio com uma conversa toda besta. "Ah, a Jaci tá de casinho com esse japa?" Eu simplesmente disse que você não é o tipo de menina que fica "de casinho" com alguém. E mesmo se ficasse, não era da conta dele, e a vida era sua pra você fazer o que quiser.

– Dá-lhe, Camila! – Jaci deu uma risadinha.

– Ah, qualé! Depois de tudo o que ele aprontou, ainda se achar no direito de fazer essa palhaçada? Poupe-me!

– Obrigada, amiga! Quer ir na livraria comigo amanhã depois da aula? Quero comprar um livro.

– Claro, vamos! Que livro que é?

– É o *Tao Te Ching*, o livro base do Taoismo.

– Puxa, você quer ficar mesmo por dentro, hein? Bem, só liguei pra te dar um oizinho e contar essa palhaçada do Paulo. A gente se vê amanhã, então! Beijo!

– Beijo!

Jaci desligou o telefone e, logo em seguida, o computador. À luz do abajur, observava o diagrama dos 5 elementos como se quisesse decifrar um enigma. Era uma incógnita, mas Jaci sabia que não havia enigma maior que o amor.

5. Dragão

No dia seguinte, Jaci olhou Tai de longe durante a aula. Sentia-se bem sendo observada por ele, como se ele estivesse zelando por ela. Mas não se aproximaram. Depois da confusão do dia anterior no pátio, mesmo sem trocar uma palavra, entenderam-se em silêncio que deveriam guardar as conversas e os encontros para depois da aula.

Como havia combinado, Jaci foi com a amiga até a livraria perto de sua casa e comprou o livro. Era um livro pequeno, mas logo de cara Jaci percebeu que não seria uma leitura fácil. Mesmo assim estava disposta a ler e a tentar entender, quem sabe com a ajuda de Tai.

A mãe de Camila passou na livraria para pegá-la à tarde, quando as amigas já tinham tomado um suco e estavam conversando do lado de fora. Jaci despediu-se e decidiu ir até a praça para ver o pôr do sol.

Quando subiu o morro, viu que Tai já estava ali, sentado no mesmo lugar onde haviam ficado aquele dia. Jaci aproximou-se devagar para não assustá-lo.

– Que bom que você veio, Jaci – disse ele, antes que ela pudesse dizer alguma coisa.

Jaci parou de andar por alguns segundos, surpresa. Tai virou-se para olhar para ela.

– Sabia que era você. Seu perfume chegou antes.

Jaci sorriu e sentou-se ao lado dele.

– Olha o que eu comprei – disse ela, tirando o livro da bolsa.

– Que legal – Tai pegou e folheou o livro. – É um livro muito profundo. Mas tenho certeza de que o mundo vai mudar diante de seus olhos depois que entendê-lo.

– Você já leu, né? – Jaci estava apenas pedindo uma confirmação que ela achava óbvia.

– Sim, mas era muito jovem e imaturo. Talvez seja hora de ler novamente. Nós mudamos e a nossa leitura muda com a gente. Por isso livros bons não podem ser lidos somente uma vez na vida.

Jaci concordou apenas balançando a cabeça. Olhou para o horizonte. O sol se punha, mas não tão bonito quanto naquele primeiro dia. Era apenas mais um pôr do sol.

– Por que você está aqui?

– Senti sua falta. Fui até sua casa, mas você não foi para lá. Então, vim para cá, esperando que você talvez viesse até mim.

– Estou aqui.

Tai olhou para Jaci e sorriu. Jaci fixou o olhar, sem medo, nos olhos dele, e leu ali que ele também não tinha medo. Os olhos de Tai passeavam pelo rosto dela, pelos olhos, sobrancelhas, nariz e boca. Ela apenas esperava que ele viesse. Ele chegou bem perto, encostou o nariz no nariz dela e virou um pouco a cabeça. Ficou assim por alguns segundos, esperando algum sinal de que podia avançar. Ela respirava mais forte e sentia o hálito dele. Era gostoso. A mensagem enviada por ela foi simplesmente fechar os olhos e ele entendeu. Seus lábios apenas se tocaram e se separaram. Ela afastou-se um pouco e reabriu os olhos, para olhar novamente para ele. Tai teve a mesma reação e os dois sorriram. Logo em seguida ele foi mais rápido e mais forte e ela deixou-se levar pelo beijo. Os longos cabelos dela passeavam entre os dois e Tai aproveitou para acariciá-los, enquanto segurava Jaci pelo pescoço. Foi um beijo rápido, mas intenso.

Jaci empurrou-o, ofegante.

– O que foi? Aconteceu alguma coisa?

– Não, desculpe, é que... – Jaci hesitou, cobrindo a boca. – É o meu primeiro beijo desde que desmanchei meu namoro.

Tai sorriu.

– Eu... namorei um cara que foi um canalha comigo. Estou há quase um ano sem namorar.

– O que aconteceu? – perguntou Tai, acariciando o braço dela com delicadeza.

– Eu tinha 14 anos quando começamos a ficar. Depois de um tempo, ele me pediu em namoro e eu aceitei. A gente se via todos os dias na escola e ficávamos juntos todo final de semana. Estava ficando sério. Até que um dia, quando minha mãe começou a fazer os plantões e eu fiquei sozinha em casa, ele veio me ver. Começamos a nos beijar no sofá e ele quis... Quer dizer, parecia a hora certa de...

– Sim, entendo.

– Acabou acontecendo. Eu acreditava que o amava, foi meu primeiro beijo, meu primeiro namorado, meu primeiro amor. Mas depois as coisas começaram a ficar diferentes. Ele não me ligava mais todos os dias, como costumava fazer. E um mês depois disse que estava confuso e que precisava pensar, que eu não era quem ele estava pensando.

Tai ouvia em silêncio.

– Eu fiquei muito triste porque estávamos juntos há meses e ele nunca tinha vindo com esse papo.

Era sempre "eu te amo", "quero ficar com você pra sempre", rosas e bombons. Fiquei surpresa e confusa. Mas, como disse, eu achava que o amava e dei a ele o tempo que ele precisava. No final de semana seguinte, ele ficou com outra garota e eu soube que passaram a noite juntos. Fiquei muito mal, principalmente porque achava que ele queria um tempo pra pensar, colocar a cabeça no lugar, sei lá. Mas não era nada disso. Ele simplesmente estava dando um jeito de me descartar depois de ter me usado.

– Você deve ter se sentido muito magoada mesmo.

– Demais! Mas, enfim, depois ele veio falar comigo e disse que não ia dar mais e que eu já devia saber que ele estava saindo com a tal fulana e pronto. Chorei por semanas. Rasguei todas as cartas e bilhetes dele, joguei fora todos os presentes que ele me deu. Queria esquecer que um dia ele passou pela minha vida. Eu era uma tonta romântica e apaixonada, por isso fui feita de boba.

– Ser uma romântica apaixonada não é ruim...

– Pode ser se for com a pessoa errada.

– É verdade. Temos que tomar cuidado para quem entregamos nosso coração, não é?

– É.

Os dois se olharam novamente e sorriram.

– Por falar em coração, hoje minha mãe vai dormir na casa de um dos idosos que ela cuida. Ela está se sentindo bem melhor e eu achei que também está bem mais animada, sabe? Fiquei feliz por isso. Ela está como nos velhos tempos.

– Que bom, Tai! Quem sabe os remédios já não estão fazendo efeito?

– Espero que sim. Já que ela não está em casa, queria convidar você para jantar comigo. Eu cozinho!

Jaci sorriu, pensou por alguns instantes e resolveu ser sincera.

– Eu aceito, com uma condição.

– Qualquer uma!

– É "só" jantar. E depois você me leva pra casa. Tá?

– Ora, mas é claro que é só jantar! Você achou que fosse o quê? Jantar com aula grátis de *kung fu*? – Tai deu uma risadinha.

– Você faz *kung fu*?

– Sim, e dou aula também.

– Legal! Por isso você é tão musculoso!

– Ah, alguém anda reparando em mim...

Jaci sentiu as bochechas ficarem vermelhas.

– Brincadeira! Venha, vamos pra casa!

A praça ficava entre a casa de Tai e a de Jaci. Tai morava num prédio antigo, mas bem conservado. Na porta do apartamento tinha uma plaquinha com um símbolo.

– O que é isso? – perguntou Jaci, curiosa.

– É um Ba-guá. É usado no *Feng Shui* e também é um estilo de luta. O estilo que eu escolhi para mim.

Tai abriu a porta e os dois entraram. Havia poucos móveis no apartamento: um sofá, duas cadeiras de frente para uma bancada, uma grande televisão e um pequeno armário fechado. A cozinha aberta dava para a sala de jantar.

– Pode se sentar na bancada enquanto eu preparo a comida. Você gosta de *chow mien*? É como os chineses chamam o que vocês por aqui conhecem por yakissoba.

– Adoro!

Enquanto Tai juntava na pia os ingredientes já cortados, que estavam guardados em potes na geladeira, Jaci reparava no apartamento. Era uma mistura de novo com velho. O armário parecia velho, mas a televisão parecia novinha. "Deve ser de LED", pensou Jaci. Não havia lustres e as lâmpadas estavam penduradas no teto.

– Então, vocês estão aqui há um ano? – perguntou Jaci.

– Sim, um pouco menos – respondeu Tai, colocando o macarrão na água quente. – Nos mudamos no final do primeiro semestre do ano passado. Perdi o ano escolar por causa disso.

– Por que vocês tiveram que se mudar tão de repente?

De frente para a panela, que já crepitava no fogo, e de costas para Jaci, Tai demorou um pouco para responder.

– É que... Lembra quando eu te falei que algumas pessoas nos caçariam até o fim? Elas nos acharam.

– Meu Deus, essa gente ainda não deixou essa história no passado? Faz 18 anos!

– Tem gente que vive no passado. E tem gente que não esquece nunca – suspirou Tai. – Mas estamos seguros agora.

Ele se virou com a panela em mãos e colocou o conteúdo nos pratos.

– Prontinho!

O cheiro da comida estava delicioso. Tai estendeu um prato para Jaci e pegou o outro.

– Vamos comer na varanda?

Na varanda havia apenas duas cadeiras. A vista do terceiro andar dava para o pátio e para a grande árvore no meio dele.

– Hum, que delícia! – exclamou Jaci, depois da primeira garfada. – O dia que você não quiser mais ser professor de *kung fu*, pode ser cozinheiro!

Tai deu uma risada contida, com a boca cheia.

A comida estava muito saborosa e a fome muito grande. Os dois acabaram de comer num piscar de olhos.

– Agora é sua vez de conhecer meu quarto – disse Tai, ao entrarem para colocar os pratos na pia.

– Quero muito conhecer seu quarto – sorriu Jaci.

Quando Tai abriu a porta do pequeno quarto, a primeira coisa que Jaci reparou foi no grande dragão vermelho pintado na parede à esquerda. Ele estava todo enrolado, formando um círculo. Logo abaixo dele, a cama baixa. Do outro lado, um pequeno guarda-roupa e uma sapateira. Ao lado da cama, embaixo da janela, uma pequena estante repleta de livros.

– Acho que você também gosta de ler – reparou Jaci, indo em direção à estante.

Logo de cara, identificou o *Tai Te Ching*. Havia outros livros sobre taoísmo, budismo e alguns sobre estilos de luta. Jaci virou-se e viu que ao lado da porta tinha uma escrivaninha, com um computador e uma impressora. Acima dela, uma prateleira com os livros da escola.

Jaci virou-se novamente e reparou que logo acima da estante havia um porta-retratos, com uma foto antiga.

– É o meu pai – disse Tai, adivinhando o que ela olhava.

– Ele tinha um sorriso lindo – reparou Jaci, pegando o porta-retratos para olhar a foto já desbotada mais de perto. – Pena vocês não terem convivido mais.

– Pena mesmo...

– Eu nunca conheci meu pai.

– É mesmo? O que aconteceu?

– É uma longa história... – Jaci olhou em volta, tentando mudar de assunto. – Por que o dragão?

– O dragão vermelho, *Long* em chinês, representa a energia do fogo e é um símbolo de transformação, de renascimento. É para eu me lembrar que nasci duas vezes: uma vez na China e outra aqui, no Brasil. Vê como ele está em círculo? Porque o círculo da existência é infinito e em constante mudança.

Jaci olhava o animal desenhado na parede. Lindo, sim, mas um pouco assustador.

– Tudo que é novo pode assustar um pouco – disse Tai, adivinhando o pensamento dela. – E tudo que é desconhecido também. A gente tem que se acostumar a gostar da mudança porque tudo muda. É inevitável.

– Nem tudo... Eu nunca vou deixar de amar minha mãe.

– Claro que não! Mas seu amor irá assumir diferentes formas durante a vida de vocês. Um dia, sentirá por ela um amor de mãe, como se ela fosse sua filha. Noutro, sentirá um amor diferente, como se ela fosse sua amiga. E sentirá também o amor do aconchego de ser uma filha no colo da mãe.

– Tem razão... – concordou Jaci, sem tirar os olhos da figura.

– O dragão está sempre comigo – disse Tai, levantando a manga da camiseta e mostrando um dragão tatuado no braço.

– Que linda tatuagem! – Jaci chegou mais perto e acariciou levemente o desenho. – Mas é ainda mais bonito saber o que o desenho significa.

Jaci afastou-se um pouco e reparou nos livros de luta.

– Faz tempo que você dá aula de *kung fu*?

– Comecei a dar aulas com 16. Pratico desde os 8 e treinei um pouco de cada estilo, até escolher o meu. Escolhi o *Tai Chi Yang*, que foca em concentrar sua energia em movimentos circulares e precisos. É uma não-luta, em termos simples. É a busca do equilíbrio.

– Não sei nada sobre *kung fu*, *tai chi*, essas coisas! – Jaci deu uma risadinha tímida.

– Ora, não se preocupe. Se um dia você quiser saber, pode aprender. Mas não fique achando que é tudo pancadaria, que é aprender a quebrar os ossos de alguém. O confronto físico é o pior que pode acontecer. Quando acontece a luta, significa que tudo o mais falhou: a diplomacia, o diálogo, a compaixão... Por isso, a melhor luta é aquela que não deixamos acontecer. E isso é dentro da gente. Por isso que meus mestres sempre me dizem que meu maior inimigo sou eu mesmo. Sou eu que me desafio sempre a ser mais equilibrado, a ser mais calmo, a ser mais feliz. Isso é visível para os outros. O melhor é viver fazendo o seu máximo em todas as áreas e não fazer inimigos. Aí, não precisa lutar com ninguém!

– É uma lição de paz – Jaci deu um sorriso, concordando.

– Por isso que a melhor "arma" é um sorriso. Simpatia desarma qualquer intenção agressiva. Pelo menos é o que eu espero...

– Mas, se não der certo, você sabe o que fazer, né? – Jaci deu uma risadinha.

– Aprender artes marciais é aprender a ser disciplinado e a respeitar princípios. Não é sobre violência ou vingança. As pessoas têm uma noção muito errada. Acham que quem aprende artes marciais sai por aí batendo em todo mundo. Não é nada disso.

– É sobre desenvolvimento pessoal, não é?

– Exatamente – concordou Tai. – O mais importante, se você quiser começar a entender o que é o *Chi*, ou a sua energia, é ficar em silêncio, meditar e estudar. E isso você já começou a fazer.

– É verdade! Eu até baixei um diagrama com os 5 elementos!

– Hum, tá sabendo mais que eu! – sorriu Tai.

Jaci achou que aquele papo estava muito *nerd*, mas estava gostando. Ela gostava de ter conversas que não fossem superficiais.

– Tai, se você não se importa, eu queria ir pra casa agora.

– Claro, vamos.

No caminho até a casa de Jaci, os dois conversavam animados sobre o que a garota tinha pesquisado na internet. Ela contou tudo, menos da compatibilidade dos signos. Ele já devia saber. E mesmo se não soubesse, tinha certeza de que ele descobriria.

– Tai, obrigada pelo yakissoba, ops, quer dizer, pelo *chow mien*. Estava uma delícia. E adorei conhecer seu quarto.

– Obrigada pela companhia, Jaci.

E sem muita cerimônia, Tai colocou a mão na nuca de Jaci e a segurou para lhe dar um beijo. Dessa vez, foi mais suave e bem mais demorado. E ainda mais gostoso.

– Boa noite, Lua.

– Boa noite, Sol.

6. Aparições

Jaci estava feliz. Todos os dias ela se encontrava com Tai e eles passavam horas e horas conversando sobre filosofia, *kung fu* e comida chinesa. Jaci também contava um pouco sobre suas origens indígenas.

A mãe de Jaci era enfermeira e, durante a pós-graduação, voluntariou-se para um posto de atendimento avançado no norte do país, que cuidava da população indígena. Foi ali que ela conheceu o pai de Jaci. Eles ficaram juntos durante todo o ano que a mãe de Jaci trabalhou e viveu no posto. Um dia, houve uma grande confusão por causa de posse de terra, o que era muito comum. Naquela crise, o posto foi saqueado e destruído e todos os que ali trabalhavam foram trazidos de volta.

– Minha mãe tentou várias vezes contatar meu pai, mas a situação era muito precária – explicou Jaci. – Ela também não tinha dinheiro para ficar viajando e eu acredito que ela não queria que ele soubesse. Minha mãe sempre foi muito independente. Ela passou isso para mim.

– Mas é uma pena você não ter tido pai – acrescentou Tai. – Você podia ter aprendido muita coisa com ele, além de receber o carinho que ele podia te dar.

– Podia aprender com ele ou com os livros – Jaci não queria passar uma impressão errada, mas não gostava de achar que estava perdendo alguma coisa. – Não quero que você pense que, só porque meu pai era um índio tupi, eu devia andar com uma pena no cabelo e falar com passarinhos.

Tai deu uma risadinha.

– Eu também não gosto de estereótipos. Imagina que todo mundo olha pra mim como se eu fosse o Bruce Lee e eu só devesse abrir a boca para falar alguma pérola da antiga sabedoria chinesa.

Os dois caíram na risada.

– Não podemos alterar o que as pessoas pensam – continuou Tai. – Mas podemos alterar a imagem que passamos. Quando sai das nossas mãos, não é mais nossa responsabilidade. Mas até sair, temos que tomar cuidado para não projetar a imagem errada... Né?

– Olha, pode ser que as pessoas pensem que você, por ser chinês, só poderia falar por enigmas e ditados antigos – brincou Jaci. – Mas eu nunca tinha pensado em algumas coisas que você fala. Você me inspira.

Tai sorriu.

– Você também me inspira.

Os dois se abraçaram. Sentados ali, no chão da praça que já chamavam de "nossa", o mundo parecia perfeito. Não havia nada que pudesse ser alterado para ficar melhor.

– Jaci, você está com fome?

Jaci deu um pulinho para o lado e olhou para Tai com uma cara sapeca.

– Estou com vontade de comer *chow mien*...

– Vamos lá!

No caminho para o apartamento de Tai, eles conversavam sobre os próximos encontros, as próximas refeições e a promessa de Tai de levar Jaci para assistir uma de suas aulas.

Quando chegaram no apartamento, ouviram sons de vozes lá dentro. Tai ficou preocupado, afinal, não era para ter ninguém em casa naquele horário. Aproximou-se da porta, segurando a mão de Jaci e pedindo que ela ficasse em silêncio.

Do outro lado da porta, Tai ouviu 3 vozes: uma era de sua mãe, as outras duas, de homens estranhos. Jaci também conseguiu escutar as vozes, mas não entendia o que estavam dizendo. Estavam, obviamente, falando em chinês. A fisionomia de Tai foi mudando, até ficar com o aspecto de preocupação. Jaci sabia que deveria ficar em silêncio, mas não se conteve.

– O que está acontecendo?

No momento em que ela fez a pergunta, as vozes se calaram dentro do apartamento. Tai pareceu ficar ainda mais preocupado e, puxando-a pela mão, desceu a escada correndo. No segundo lance, ouviram a porta se abrir.

– Tai Yang! – chamou uma voz feminina.

– Vá para casa, Jaci! – pediu Tai, baixinho, dando-lhe um beijo nas mãos. – Eu te encontro depois. Vá!

Jaci saiu correndo pelo corredor.

– Não corra! – pediu Tai. – E não olhe para a janela quando sair.

Jaci fez o que Tai pediu e só voltou a olhar para o prédio quando já estava do outro lado da rua. Não havia nenhuma janela aberta, nem ninguém espiando.

Jaci foi para casa, preocupada. A expressão de Tai não mentia: alguma coisa grave podia estar acontecendo.

Assim que chegou em casa, ligou para Ana.

– Oi, Jaci! – respondeu a amiga do outro lado da linha. – Faz tempo que você não me liga, hein? O Tai está ocupando todo o seu tempo!

– Desculpe, Ana! É verdade, tenho sido uma amiga ausente. Me desculpe!

– Ah, deixa disso! Se eu estivesse namorando, faria a mesma coisa! – Ana deu uma risadinha. – E aí, como andam as coisas? Pelo sumiço, acho que andam muito bem!

– Estava tudo muito bem até agora há pouco – suspirou Jaci. – Lembra daquela história que eu te contei sobre os pais do Tai? Sobre a mãe dele ter fugido da vila onde viviam?

– Lembro, sim! O que é que tem?

– Hoje a gente tava indo pro apê dele e tinha alguém lá dentro. Estavam conversando em chinês e eu, óbvio, não entendi nada. Mas Tai ficou muito preocupado. E eu tive que sair correndo. Alguma coisa está acontecendo...

– Fuja dessa encrenca, hein, amiga! Isso não tem nada a ver com você e eu ia odiar ver você sair machucada dessa história.

– E se essas pessoas vieram pra levar o Tai e a mãe embora? E se eles vieram matá-la? Ai, meu Deus!

– Calma, calma! Não pense em nada trágico! Vamos ver o que acontece! Amanhã você encontra o Tai e ele te conta tudo.

– Ai, como vai ser difícil esperar até amanhã!

– Tenta! E enquanto isso, dá pra você conferir comigo os resultados do dever de matemática? Eu acabei de acabar!

– Tá bom...

Jaci sabia que a amiga queria ajudá-la a não se preocupar demais, mas ela olhava os números e não conseguia se concentrar na matéria. Sua mente estava lá, com Tai.

No dia seguinte, sua pior expectativa se cumpriu: Tai não foi à escola. Assistir às aulas foi particularmente difícil naquele dia. Os olhos de Jaci passeavam entre a carteira vazia no fundo da sala e a rua lá embaixo, através da janela, agora fechada por causa do friozinho do meio do ano. Camila e Ana perceberam a ansiedade da amiga e tentavam distrair sua mente com as atividades escolares, os docinhos do intervalo e as últimas fofocas que circulavam pelo pátio. Jaci ouvia, sem escutar, sorria para não parecer indiferente, esforçava-se. Ela sabia que podia estar fazendo uma tempestade num copo d'água e que podia não ser nada. Mas toda vez que tentava se convencer disso, a expressão preocupada de Tai lhe vinha à mente.

Depois de séculos, o sinal tocou e ela estava livre para ir procurar Tai. Despediu-se das amigas e, num passo apressado, foi até sua casa, esperando que Tai já estivesse ali, como sempre, a esperá-la.

Mas ele não estava. Nem nesse dia, nem no seguinte. Jaci não pensou em telefonar nem em ir à casa dele. Sua preocupação começou a se transformar em mágoa. "Por que ele não dá notícias?", pensava, insistentemente.

Sua preocupação foi se tornando visível e até mesmo o bobo do Paulo começou a provocá-la:

– Ah, o japa te deu um fora? Falei que aquele cara não era flor que se cheirasse...

Jaci não se deixava abater com as provocações. Já não andava apressada, já prestava mais atenção na aula. "Tenho que cuidar de mim", repetia para si mesma. Já bastava que outro menino a tivesse feito sofrer. Não aconteceria de novo. Ela pensava que Tai fosse diferente... Ele era. Não, não aconteceria de novo.

Passada uma semana, Jaci despedia-se das amigas na porta da escola, quando viu Tai se aproximar. Apesar da vontade de sair correndo ao seu encontro, controlou-se.

– Jaci, preciso falar com você.

– É mesmo? Pode falar enquanto eu ando até minha casa.

Tai sentiu uma pontada.

– Desculpe se eu magoei você, eu não...

– Poupe-me, Tai.

Os dois caminharam em silêncio alguns metros. Era um silêncio de mágoa, de coisas ruins que estavam sendo engolidas. Um silêncio pesado e difícil de carregar.

Na porta de casa, Jaci virou-se para olhar para ele.

– Então?

– Jaci, não quer saber o que aconteceu pra eu ficar uma semana sem falar com você? – Tai estava abatido. – Você acha que eu sumi porque eu quis?

Jaci ouvia em silêncio. Por alguns segundos, pensou que talvez fosse muito egoísmo de sua parte achar que deveria ficar magoada com ele. Mas seu ressentimento falou mais alto.

– Tai, se você quisesse, teria dado um jeito de falar comigo.

– Não podia, não onde eu estava...

– Ah, e onde era isso? Na China?

Tai olhou-a nos olhos, como se não acreditasse no que tinha acabado de escutar.

– Você não percebe nada além dos seus próprios sentimentos? Não consegue ver o sofrimento de outra pessoa?

– Você consegue ver o meu?

– Consigo. Por isso estou aqui. Para falar com você. Se você quiser ouvir.

Jaci respirou fundo. Talvez ele tivesse razão. Talvez ele tivesse uma boa razão.

– Tá, eu quero ouvir.

– Vamos para a praça?

– Vamos, só vou deixar minha mochila em casa.

Tai esperou no portão, a cabeça baixa. No caminho, Tai segurou a mão de Jaci e ela se deixou levar.

Já estava pensando melhor no que tinha acontecido e era mesmo verdade que, ao longo da semana, sua preocupação fora substituída pelo ressentimento. Mas ele estava lá, alguma coisa devia ter acontecido. Era hora de respirar fundo e deixar pra lá aquele sentimento que estava se colocando entre eles.

– Jaci, minha mãe está doente – disse Tai, com a cabeça baixa, depois que eles se sentaram no cantinho de sempre, na grama.

– Eu sei...

– Não, eu quero dizer... – Tai respirou fundo. – Ela não vai ficar boa. Ela... não tem cura.

Jaci sentiu um aperto no peito. Chocada, olhou para Tai e viu que uma lágrima silenciosa escorria de seus olhos. Ela chegou mais perto dele e acariciou seus braços.

– Aqueles dois homens que estavam no apartamento naquele dia eram da família da minha mãe, na China. Eles disseram que, depois que ela escreveu contando da doença, as duas vilas conversaram. Minha mãe tem um desejo: ver seus pais e a vila antes de... – Tai fez uma pausa e suspirou. – Enfim, ela quer voltar. Eu nem sabia que ela tinha escrito essa carta.

– Mas eles entraram num acordo e ela pode voltar?

– Sim. Os líderes da vila do meu pai e os da minha mãe fizeram um tratado de paz. Querem minha mãe de volta. E querem que eu volte também.

– Mas isso é muito bom, Tai.

Jaci tentava não ser egoísta. Se ele fosse para a China, isso significava perdê-lo para sempre. Mas, afinal, era a paz de várias pessoas que estava em jogo e o último desejo da mãe dele.

– Seria, se não fosse pela proposta que fizeram. Minha mãe volta, a paz é restabelecida e eu estou prometido em casamento para a filha do líder da aldeia de meu pai.

Isso já era demais. Prometido? Casamento arranjado?

– Achei que não se fazia mais esse tipo de coisa... – Jaci tentava controlar o choque.

– Em muitos lugares da China ainda se arranjam casamentos.

– Você concorda com isso?

– Isso não importa. O que vem ao caso é que esse é o único jeito de realizar o desejo da minha mãe.

Jaci sentiu o coração pesado. Suas pernas amoleceram e ela teve a sensação de estar flutuando. Não era possível... Por que ela sempre se apaixonava pelo cara errado? Nesse caso, era ainda pior: a culpa não era nem mesmo dele! E, desse ponto de vista, não havia muito o que pensar. A decisão já devia estar tomada.

– Tai, o que você vai fazer?

– Não sei...

Essa não era a resposta que ela queria ouvir. Na sua mente "romântica tonta" esperava ouvir uma declaração de amor eterno e incondicional. Esperava ouvir que dariam um jeito, que fariam qualquer coisa, mas ficariam juntos. "Não sei" era quase a certeza de uma separação.

Jaci deixou-se abater. Era uma situação terrível. Mas ela pretendia facilitar as coisas, de maneira prática. Não deixou as lágrimas que se formavam no canto dos olhos escorrerem.

– Tai, você já sabe o que tem que fazer. Tem que aceitar se casar e ir embora com sua mãe. E pronto. Não há nada que prenda você aqui.

Tai olhou para ela, surpreso.

– Mas eu achei que você... Eu...

– Não, Tai. Não tem nada. Você tem que resolver sua vida e pensar na sua mãe. É só isso que importa.

Tai parecia cada vez mais surpreso. Jaci lutava contra sua vontade de ser irracionalmente romântica. Os dois pareciam não acreditar no que estava acontecendo.

– Quando vocês partem? – Jaci empostava sua voz para parecer absolutamente controlada.

– Hã? Hum... O mais rápido possível, por causa das condições de saúde da minha mãe. Logo ela não poderá mais viajar...

– Então, pare de perder tempo comigo. Vá ficar com sua mãe, vá arrumar suas coisas.

Jaci levantou-se, enquanto Tai, chocado, a observava com os olhos marejados.

– Vá, Tai.

Ele se levantou, sem saber direito o que fazer.

– Eu...

– Não precisa falar nada – Jaci chegou perto dele e deu-lhe um abraço educado, mas sem carinho. – Tudo bem, Tai. Pare de pensar que havia algo sério entre nós.

– Jaci, não esperava essa reação sua...

– Ora, esperava o quê? Que eu gritasse e me descabelasse? Pare com isso! Existem coisas mais importantes do que isso. A sua mãe é mais importante. A paz das vilas é mais importante.

– Jaci, eu acho que não...

– Chega, Tai! – Jaci agora lutava contra as lágrimas. – Adeus!

Jaci virou-se e andou para longe dali sem olhar para trás. As lágrimas agora desciam descontroladamente. Ela chegou em casa e atirou-se na cama. "Vou chorar tudo agora e esquecer dele de uma vez", pensou. Já passava das duas da manhã quando ela, exausta de tanto chorar, pegou no sono.

7. Carpa

Não tinha aula no dia seguinte e Jaci aproveitou para dormir até tarde. Ainda sentia vontade de chorar, mas tentava não pensar em Tai. Levantou-se e saiu para ir à livraria, distrair-se um pouco.

Folheava as revistas sem ler, alheia e desinteressada. Resolveu andar um pouco pelas belas ruas que cercavam sua casa. Sentir o vento frio no rosto lhe fazia um bem enorme. Andou por quase uma hora e acabou indo parar na praça onde costumava ver o pôr do sol com Tai. O lugar estava vazio, mas havia muitas recordações ali. Conversas inteiras, beijos, abraços, carinho. Jaci andou até o pedacinho do gramado onde eles costumavam se sentar e olhou o horizonte.

Não conseguiu evitar que as lágrimas aparecessem. "Vou sofrer, mas vai passar", repetia para si mesma. As lembranças vinham como avalanches e doíam. Mesmo que eles se amassem, como poderiam evitar esse casamento? Ela não poderia ser tão egoísta a ponto de exigir que ele ficasse ali, com ela, em vez de satisfazer o último desejo da mãe.

"Se fosse minha mãe, faria qualquer coisa por ela", pensou Jaci. Não tinha jeito. O único jeito era a separação. "Eu vou me esquecer dele, tudo vai passar", repetia Jaci, como um mantra.

Ela ficou ali até o dia virar noite. A cada brisa, sentia o perfume de Tai. A cada segundo, desejava que ele aparecesse ali, atrás dela, com uma solução mágica. Mas nada disso aconteceu. O dia acabou, a noite começava e era apenas mais um dia sem Tai.

Naquela noite, Camila ligou. Jaci contou tudo o que Tai havia lhe falado. Descreveu também a conversa que se seguiu e a reação que ela escolhera ter. A amiga ouviu tudo em silêncio.

– Então, Camila, você acha que eu agi certo? Você teria feito diferente?

– Ah, Jaci, é uma situação muito difícil. Mas acho que eu teria agido diferente, sim.

– O que você teria feito? Tem jeito uma coisa dessas?

– Olha, se tem jeito, eu não sei. Mas tem uma coisa que você não está levando em consideração...

– O quê?

– O que vocês sentem um pelo outro.

Jaci parou para pensar.

– Não sei o que ele sente por mim.

– Deixa de ser boba, Jaci! Qualquer um pode ver que ele te ama! E você já nem esconde mais o seu amor por ele!

Jaci ficou em silêncio. Era assim tão óbvio?

– Olha, Jaci, se eu fosse você, eu ia falar com ele e soltava tudo isso que está aí dentro de você, te fazendo chorar. Você não disse que queria ter ouvido uma declaração de amor e ouviu um "não sei"? Quem sabe ele também não queria ouvir uma razão para ficar?

– Tem razão, Camila.

Naquela noite, Jaci quase não conseguiu dormir. Teve pesadelos, ficou imaginando planos mirabolantes, tentava se acalmar. Muito cedo já estava de pé e decidida a procurar por Tai e falar de uma vez por todas que o amava e que queria que ele ficasse.

Sem pensar muito, foi até o apartamento dele. Chegando lá, tocou a campainha, mas ninguém atendeu. Ela esperou alguns minutos. Nada. Depois de uma hora, tocou a campainha novamente. Nada.

Foi falar com o porteiro e ele disse que os dois tinham saído no dia anterior, com malas. Jaci sentiu um nó na garganta. Era tarde demais. Tinha perdido Tai para sempre. E o que era pior: ele nunca saberia o quanto ela o amava.

Jaci vagou pelas ruas por um tempo, sem saber o que fazer. Sentia-se fracassada, como se tivesse perdido seu bem mais precioso.

Sem saber exatamente porquê, andou novamente até a praça. Subindo o morro, viu que Tai estava ali, sentado. Piscou os olhos algumas vezes para tentar acreditar que aquilo não era uma miragem. Não, não era. Ele estava lá!

Sem disfarçar, correu até ele. Ele percebeu e virou-se, abrindo generosamente os braços para receber o abraço de Jaci. Ela não conseguiu segurar as lágrimas e o riso de felicidade e alívio. Ele sorria e a abraçava, envolvendo-a. Ficaram assim um longo tempo, como se tentassem acreditar que aquilo estava mesmo acontecendo.

– Tai, achei que tinha perdido você para sempre...

Ele apenas enxugou as lágrimas no rosto dela e a beijou.

– Eu também achei que tinha perdido você – respondeu ele. – Achei que você não ligava que eu estava indo embora.

– Não, eu ligo! Aquilo foi só pra tentar me convencer que eu estaria melhor sem você! Mas eu nunca vou estar! Eu te amo, Tai! Acho que era isso que você queria ouvir naquele dia, não é?

– Não só naquele dia, mas em todos os dias...

Jaci abraçou-o com força e o beijou como se fosse a última, ou a primeira, vez.

– Jaci, tenho uma coisa pra você.

Tai tirou do bolso uma caixinha de joias e estendeu-a para Jaci. Ela abriu e lá dentro havia um pingente numa corrente dourada. Era uma carpa.

– Diz uma lenda que uma carpa viu do rio onde nadava o topo de uma montanha. – Tai tirou a corrente com o pingente da caixa e começou a colocá-la ao redor do pescoço de Jaci. – A carpa, apesar de não voar e não andar, decidiu alcançar o topo daquela montanha. Nadou rio acima, enfrentou correntezas, cachoeiras, tempestades, todo o tipo de dificuldade, mas não se deixou abater e seguiu firme com seu objetivo de chegar lá. Quando chegou aos pés da montanha, deparou-se com uma porta. Era a porta do dragão: ali começava o domínio do reino dos céus, onde os deuses moravam. Mortais não poderiam entrar lá. Mas ela não se intimidou e passou pela porta. Assim que fez isso, transformou-se num poderoso e invencível dragão.

Jaci ouvia a história enquanto observava o delicado e colorido pingente.

– A carpa é o símbolo da persistência, do esforço para superar obstáculos e chegar onde se quer. Eu quero você e não vou parar até conseguir um jeito de tornar isso realidade.

Jaci olhou para Tai, seus olhos firmes nos dele.

– Desde que eu te vi na janela, no primeiro dia de aula, senti algo que não consigo explicar. Como se, de repente, tudo fizesse sentido. Acho que é assim que a gente se sente quando se apaixona de verdade, não é?

– Não estava certa de que você tinha me visto... Eu me escondi – revelou Jaci.

– Eu percebi – sorriu Tai. – Mas eu já tinha visto seu olhar e queria vê-lo de novo, e de novo... Wo ai ni, Jaci. Eu te amo, Jaci.

Apertando o pingente com a mão, Jaci deixou-se abraçar. Agora, estava tudo bem. Tudo tinha sido dito.

Naquela noite, Tai Yang e Jaci deitaram-se sob o luar. Ficaram ali, abraçados, no silêncio eloquente das palavras de amor que não precisam ser ditas, nos gestos de afeição que não precisam de explicação, na completude de um amor que preenche todos os espaços entre a terra e as estrelas.

8. Resolução

No dia em que Jaci o havia procurado no apartamento, Tai tinha ido ao hospital internar a mãe. Ela ficaria ali por um mês, sem poder receber visitas. Mas antes da internação, mãe e filho haviam tido uma longa conversa.

Tai explicou que sua mãe não tinha pedido textualmente que ele realizasse seu desejo. Quando Tai perguntou a ela se o casamento era inevitável para que o retorno se concretizasse, sua voz respondeu que não, mas seus olhos disseram sim. Era o sacrifício que Tai tinha que fazer por ela, em troca de todos os que sua mãe tinha feito por ele.

Tai falou com a mãe sobre Jaci, o que sentia por ela e como estava envolvido. Sua mãe ouviu em silêncio. Ela sabia o que era se apaixonar e se separar da pessoa amada. Também estava sofrendo por Tai.

Tai e Jaci conversavam, tentando encontrar uma solução. Jaci sabia que Tai teria que ir de qualquer jeito, mas não sabia como fazê-lo voltar. Tai sabia que deveria acompanhar a mãe, mas não sabia como evitar esse casamento. Apenas uma coisa era certa: o tempo passava e a viagem tornava-se cada vez mais urgente.

E por isso, numa tarde fria, em frente à parede com o dragão vermelho, Tai e Jaci decidiram que não havia jeito: ele teria que partir. Ele iria, sartisfazendo a vontade da mãe, e tentaria dar um jeito naquela situação. Jaci confiava nele e a confiança era recíproca. Fizeram votos de compromisso e fidelidade durante o tempo em que estivessem separados. Tai não sabia quanto tempo seria, mas, de qualquer jeito, não perderia o contato com Jaci.

– Se você esperar por mim, eu voltarei para você – disse Tai, naquela noite. – Eu encontro meu caminho até você.

– Vou pensar em você todos os dias...

– Mas não sinta saudades todos os dias – sorriu Tai. – Não fique triste. Lembre-se do sol e da lua no mesmo céu. Estaremos juntos em pensamento.

– E em sonhos... – completou Jaci. – Vou me lembrar do seu toque, do seu beijo, do seu abraço e vou sonhar com seu coração batendo ao lado do meu.

Naquela noite, Jaci quis ficar com Tai. Dormiram abraçados, depois de muitos beijos e carinhos. Jaci sabia que, assim como ela, Tai queria um pouco mais. Mas, apesar do desejo que sentiam um pelo outro, sabiam que não era o lugar nem o momento em que aconteceria a tão sonhada primeira vez. Antes, teriam que resolver os problemas que poderiam colocar em risco a união de seus corações. Jaci desejava secretamente que Tai tomasse a iniciativa e também desejava ter coragem de pedir. Porém, no silêncio entre um beijo e outro, ambos concordaram que era hora de parar.

Na manhã seguinte, Jaci se despediu de Tai na porta da escola. Ele não iria mais, já que logo teria que viajar, além de ter que cuidar do apartamento, dos documentos e da mãe. Provavelmente partiriam naquela mesma semana. Para Jaci, aquela noite tinha tido um sabor de despedida. Triste, mas com esperança.

Realmente, Tai não voltou mais. Dois dias mais tarde, ela encontrou um bilhete no portão ao voltar para casa. Dizia que eles tinham embarcado no voo do meio-dia. O bilhete devia ter sido deixado pela manhã. Jaci segurou seu pingente com a mão, pensando na resolução e perseverança da carpa da lenda. Aquele pingente tinha se tornado para ela um símbolo de persistência e amor.

Jaci sabia que Tai estaria muito ocupado, longe das cidades e dos possíveis meios de comunicação. Mesmo se tivesse acesso ao correio e à internet, ela entenderia se ele não conseguisse escrever. Nem conseguia se imaginar na mesma situação que ele, com tanta coisa para fazer, resolver, e ainda lidar com a iminente perda da mãe.

O tempo foi passando. Um mês, dois meses. Camila e Ana sempre a chamavam para sair, e, às vezes, Jaci aceitava. A companhia das amigas a fazia bem. A saudade batia forte em alguns momentos, como quando parava para ver o pôr do sol. Mas sempre se lembrava das palavras de Tai: "não fique triste". Isso sempre a fazia sorrir.

No final do ano escolar, as provas e os trabalhos ocupavam quase todo o seu tempo, e Tai era apenas uma lembrança momentânea. Um dia, Jaci se assustou ao perceber que não pensava nele há alguns dias.

– Ana, será que estou me esquecendo do Tai? Será que não o amo mais? – Jaci perguntou um dia à amiga.

– O que os olhos não veem, o coração não sente. Não é o que diz o ditado? – respondeu Ana, para que ela tirasse suas próprias conclusões.

Mesmo achando que não o amava mais, Jaci não se interessava por mais ninguém. Paulo ainda a provocava de vez em quando, mas ele era insignificante demais para tirá-la do sério. Outros garotos vinham com conversas, interessados.

– Você é bonita demais, Jaci – Camila comentou um dia. – Só vai ficar sozinha se quiser.

"Será mesmo que Tai se casou? Ele se esqueceu de mim? Achei que não poderia mais viver sem ele, mas aqui estou eu, bem, feliz e sozinha", pensava Jaci todos os dias, tentando lidar com seus sentimentos.

O ano letivo acabou, o ano estava acabando. Logo chegariam as férias de janeiro, ela iria para a praia e continuaria a viver normalmente, na rotina de sempre. Ela gostava da rotina. Saber o que fazer dava ordem e propósito aos seus dias. Havia acabado de ler o *Tao Te Ching*, mas não tinha ninguém com quem conversar sobre o livro. A folha com o diagrama dos cinco elementos agora era um papel dobrado dentro de alguma gaveta. A presença de Tai estava desaparecendo. Seu coração estava aprendendo a esquecer.

Na primeira semana de janeiro, quando chegou a hora de partir para a temporada na praia, Jaci decidiu deixar para trás o colar com o pingente de carpa. "Não estou vendo o topo da montanha", pensou ela. "É inútil buscar o que não vejo."

Jaci foi para a praia, como fazia todos os anos, e se divertiu, tomou sol e água de coco. De vez em quando, ainda se lembrava de Tai, de seus beijos e abraços, mas era uma lembrança confortável, nem um pouco dolorida. Não lamentava o que tinha acontecido ou a separação. Não foi culpa de ninguém. Foram as circunstâncias.

A volta da praia foi adiantada em uma semana por causa da chuva insistente. Jaci estava em seu quarto, desfazendo a mala, quando olhou para a caixinha em cima da cômoda. A carpa, ali, parecia pertencer a outro século, a outra vida. Ela examinou o pequeno pingente colorido. Lembrou-se da lenda. "Se não posso ver o topo da montanha, não significa que ele não existe", raciocinou.

"Será que Tai voltará para mim? Será que ele já está casado? Será que a mãe dele...", eram as perguntas que se repetiam em sua mente. Lembrou-se da última noite que passaram juntos, lembrou-se das promessas que fizeram e, pela primeira vez, chorou. Era um choro de saudade, de ansiedade, de expectativa. Ali, naquele momento, se deu conta de que seu coração ainda estava preso ao de Tai. E percebeu, também, que estava disposta a esperá-lo ainda mais um pouco. E assim, voltou a usar a carpa como símbolo de amor e perseverança.

No seu aniversário de 16 anos foi até a praça e pensou em Tai enquanto olhava o pôr do sol. Sentia que, do outro lado do mundo, um garoto de 19 anos recém completados também fazia o mesmo.

As aulas recomeçaram. Jaci concentrava-se nos estudos, mas agora não passava um dia sem que ela não pensasse em Tai. Lembrava-se do dragão, do círculo, das mudanças na energia das pessoas e da natureza, das coisas sobre as quais ele tanto falava. Sim, seu amor tinha mudado. Não era mais o amor do primeiro dia. Estava mais forte, mais profundo. Sentia uma conexão que ultrapassava as barreiras geográficas e físicas e o encontrava entre as estrelas, como naquela noite. Sim, ela sentia que estavam juntos, ainda que separados pela distância. Não sentia um apego egoísta de tê-lo ali, em seus braços. Sentia apenas que ele morava em seu coração e que ficaria guardado ali, pelo tempo que fosse necessário.

Pouco tempo depois, Jaci recebeu uma pequena carta pelo correio. Era um envelope vermelho, com letras douradas. Ela abriu e leu no cartão a única coisa que queria tanto ouvir: "Estou chegando. Meu céu está sem lua. Preciso de você. Tai".

"Oh, ele está chegando!", pensou Jaci, feliz demais para acreditar que fosse verdade. Entrou em casa e ligou imediatamente para Ana e Camila, que logo a convidaram para comemorar as boas notícias com um bolo de chocolate. Jaci foi, mas não conseguiu comer nada. Sentia seu coração maior que seu corpo todo e sabia que, a cada batida, estava mais perto de Tai.

9. No mesmo céu

Alguns dias se passaram, mas, para Jaci, era como se fossem anos. Todos os dias ela voltava da escola a passos apressados, na expectativa de encontrar Tai esperando-a do outro lado da calçada. Seu coração batia mais rápido quando via alguém parecido, vestido de preto, andando por ali. Da janela, observava todos os que passavam pela rua da escola.

No sábado de manhã, Jaci se preparava para ir à casa de Camila estudar para a prova de segunda-feira, quando o telefone tocou. Era Ana.

– Jaci, preciso te falar uma coisa!

– Fala, Ana!

– Acho que eu vi o Tai...

Jaci ficou alguns segundos em silêncio.

– Como assim?

– Eu tava com minha mãe no supermercado ontem e acho que ele tava lá. Quer dizer, eu vi meio de longe, assim, mas tenho quase certeza de que era ele!

– Ai, Ana! Não fala isso! Como você pode ter certeza?

– Ah, sei lá, né? Ele não é um cara comum...

Jaci ficou sem saber o que pensar. Se ele já tinha voltado, por que não tinha procurado por ela?

– Bom, mas o que você quer que eu faça?

– Ah, não sei. Só queria que você soubesse.

Jaci desligou o telefone um pouco confusa, controlando todos os pensamentos negativos que vinham como enxurradas. "Ele me escreveu que estava chegando. Por que iria me avisar se não queria que eu soubesse que ele estava vindo?", pensava, enquanto pegava seus cadernos para a tarde de estudos.

Não comentou com Camila o telefonema de Ana. Não queria mais falar disso. Tinha certeza de que havia uma explicação lógica.

Voltou para casa muito cansada naquele dia, mas não conseguiu pregar o olho. No domingo, foi até a praça, para ver se Tai aparecia. Nada.

Segunda-feira, dia de prova de matemática. Jaci concentrou-se e, por algumas horas, esqueceu-se da janela, das dúvidas e das perguntas.

Camila e Ana saíram antes dela, como sempre. Jaci era sempre uma das últimas a sair e, nesse dia, só entregou a prova depois de o sinal ter tocado. Carregando o peso da dúvida, desceu as escadas devagar, encarando o chão. Deu de cara com Camila e Ana, ambas com um sorriso maroto no rosto.

– O que aconteceu? Que caras são essas?

– Como você demorou, Jaci! – exclamou Ana. – Tem gente que pode cansar de esperar!

Jaci olhou para a amiga sem entender e Camila fez um pequeno sinal com a cabeça em direção ao portão. Jaci olhou para fora e ali estava ele, do outro lado da rua. Ao vê-la, Tai sorriu, tirou os óculos escuros e baixou a perna que estava apoiada na parede.

Jaci soltou a respiração, que tinha prendido sem perceber. Ele estava ali, esperando por ela!

Sem pensar em todos os alunos amontoados na calçada, nas amigas que estavam ali, dando risadinhas, em Paulo e no seu ciúme bobo e em todo mundo que pudesse assistir a uma cena tão íntima, Jaci correu até Tai e pulou em seus braços, para logo em seguida lhe dar um beijo digno de final de filme.

As meninas suspiravam, os meninos cochichavam e as mães lançavam olhares de reprovação. Mas Tai e Jaci estavam alheios a tudo isso. Estavam em seu próprio mundo e, naquele momento, não conseguiam matar a saudade um do outro com apenas um beijo.

Depois de alguns minutos, Camila e Ana chegaram perto timidamente.

– Gente, assim vocês vão se afogar! – brincou Camila.

– É melhor vocês pararem com esse showzinho aqui, senão vão chamar a diretora e punir vocês por "conduta indecente"! – Ana caiu na risada.

– Ops, tá bom, meninas – Jaci tentava se recompor. – Vamos, Tai! Tchau, amigas!

– Tchau! – responderam as duas, entre suspiros e risadinhas.

Jaci sentia-se a garota mais feliz do mundo. Tai sentia-se realizado. Mas ainda faltava contar tudo o que tinha acontecido naquele meio-tempo.

– Ana me disse que sexta-feira te viu no supermercado – disse Jaci, tentando soar casual, enquanto abraçava o braço do namorado.

– É verdade – confirmou Tai. – Eu cheguei na sexta e o apartamento estava vazio. Tive que fazer compras, faxina, enfim... Tive que arrumar tudo pra poder levar você lá.

– Então, vamos! – exclamou Jaci. – Eu te ajudo com o *chow mien*.

Quando chegaram ao apartamento, Jaci percebeu que estava tudo limpo e arrumado. A geladeira estava um pouco vazia, mas tinha ingredientes suficientes para fazer o jantar. Entre beijos e abraços, os dois cozinharam juntos e felizes.

Quando se sentaram para comer, Jaci reparou num cantinho da sala que não tinha visto antes. Era uma mesinha, com incensos e uma pequena escultura de madeira, além de outros objetos.

– Não me lembrava dessa mesinha – disse Jaci.

– É o lugar onde farei minhas homenagens – respondeu Tai, sem olhar. – É a lembrança da minha mãe.

Jaci sentiu uma profunda tristeza. Estava confirmado.

– Ela ficou tão feliz de rever os pais e a vila. Lembrou-se de tantas histórias de meu pai, da juventude, de quando eu era bebê... – disse Tai, emocionado. – Fico feliz de ter dado essa felicidade para minha mãe. Ela voltou para casa e está em paz.

– Tenho certeza que sim – concordou Jaci.

Mas outra questão a incomodava. E, depois do jantar, quando se sentaram na varanda, ela tomou coragem e falou:

– E só posso deduzir que você não se casou...

Tai deu um sorriso.

– A garota que estava prometida para mim também tinha outra paixão. Em prantos, ela pediu ao pai para poupar-lhe daquele casamento. Senti a dor dela ao mesmo tempo que vi uma porta se abrindo. Era a salvação que eu esperava. O pai dela perguntou para mim o que eu queria fazer e que a decisão era minha. Eu disse que também já tinha uma esposa em meu coração e ficaria feliz em voltar para ela.

– Uma esposa?

– Sim, você se tornará minha esposa um dia, se quiser. Mas em meu coração, você já é.

Jaci ficou surpresa. Tinha apenas 16 anos! Não podia nem pensar em se casar agora.

– Não se assuste! – Tai percebeu a surpresa dela. – Não disse isso para lhe forçar a nada. Só para reafirmar meu compromisso de fidelidade com você.

Jaci sorriu. Ela ainda tinha muito que fazer e pensar antes de tomar uma decisão dessas.

– Você vai ficar morando aqui, sozinho?

– Sim, minha vida está aqui agora. Com minhas aulas, minha casa e você.

– Fico feliz em fazer parte da sua vida.

– Você é a minha vida.

– Espero que nunca falte sol nos meus dias – disse Jaci, abraçando Tai.

– Espero que minhas noites sempre tenham lua – Tai retribuiu o abraço.

Observaram o pôr do sol da varanda do apartamento. Lavaram a louça e passaram longas horas conversando no sofá.

Naquela noite, Jaci queria ficar. Tai queria que ela ficasse. Foram tantos meses de espera, tanto desejo e ansiedade.

– Não precisamos dar esse passo se você não quiser, Jaci – disse Tai, carinhosamente.

– Eu ainda não sei... – Jaci queria muito, mas precisava aprender um pouco mais sobre ele, sobre a vida e sobre o amor. – Você me espera?

– O tempo que você precisar – disse Tai, abraçando-a com carinho.

Jaci estava tranquila e segura, sem pressa, sem medo de magoar alguém, sem medo de sair machucada. A janela do quarto estava aberta, velada apenas pela cortina branca. A noite estava quente e soprava uma brisa refrescante. Era lua cheia.

– Tai, você nunca me disse – disse ela, reparando no céu cheio de estrelas. – Você já namorou antes?

– Já – Tai deu uma resposta objetiva. – Mas nunca amei ninguém como amo você. Você me completa, Jaci. Somos o Ying e o Yang. Só duas forças opostas podem fazer girar em harmonia o círculo das energias da vida.

Jaci ficou feliz com a honestidade e com a resposta.

– Sabia que Cabra e Porco são um dos pares perfeitos do horóscopo chinês? – disparou.

Tai encarou-a com um olhar maroto.

– Ora, ora, você andou pesquisando mesmo! – Ele sorriu. – E o que mais você sabe sobre pares perfeitos?

– Sei que, mesmo se você não fosse meu par perfeito no horóscopo chinês, ainda acredito que fomos feitos um para o outro.

Daquela noite em diante, Tai e Jaci se viam todos os dias. Uma semana depois, Jaci apresentou-o à mãe, que já conhecia bastante dele só de ouvir a filha falar. Tudo ia como as coisas vão: às vezes, um pouco difícil; às vezes, apaixonadamente fácil. É que Tai e Jaci pertenciam a mundos diferentes e sempre teriam que aprender a lapidar o diamante que tinham em mãos: o amor que sentiam um pelo outro. Esse amor parecia muito maior do que qualquer diferença.

No que dependesse deles, naquele céu cheio de estrelas, iriam morar para sempre, lado a lado, o sol e a lua.

© ARQUIVO DA AUTORA

Renata Tufano deu os primeiros passos só para conseguir chegar perto da estante onde estavam os livros. Desde cedo, apaixonou-se pela leitura e pelos amigos de papel. Depois que se formou em Letras, começou a trabalhar como tradutora da língua inglesa e, como adora esse trabalho, caprichou tanto que ganhou diversos prêmios da FNLIJ (Fundação Nacional do Livro Infantil e Juvenil): a tradução da série "Érica" (*Érica e a Monalisa*; *Érica e os Girassóis*; *Érica e os Impressionistas*), publicada pela Editora Moderna, foi premiada com o selo Altamente Recomendável em 2001; em 2007, *A Mala de Hana* (Editora Melhoramentos) foi premiado com o selo Altamente Recomendável na categoria Tradução/Adaptação

Jovem; *Curto e Longo, Alto e Baixo* recebeu o selo Altamente Recomendável na categoria Livro Brinquedo, junto com *De um a dez... Volta outra vez* (ambos da Editora Melhoramentos), que, além do selo, foi vencedor do Prêmio FNLIJ Gianni Rodari — O Melhor Livro Brinquedo de 2007. Em 2009, *Escondendo Edith* (Editora Melhoramentos) foi premiado com o selo Altamente Recomendável na categoria Tradução/Adaptação Jovem.

A autora tem mais de 30 títulos traduzidos, a maioria de literatura infantil e juvenil, sua grande paixão. Esta é a sua primeira incursão como escritora, embora adore escrever poesias e esboços de enredos em pedacinhos de papel.

"A história de Tai e Jaci existe de verdade, com muitos nomes e em muitos lugares diferentes. Eu apenas escrevi o que acontece aí, do seu lado, ou do outro lado do mundo, mas quase sempre acontece do mesmo jeito. Afinal, uma história de amor será sempre uma história de amor. Em qualquer língua, de qualquer jeito, em qualquer lugar."